여자친구로 삼아주시겠어요?
살짝 연상이어도
~최고의 왕자님~
Vol. 6

# 목 차

살짝 연상이어도 여자친구로 삼아주시겠어요? 6
~최고의 왕자님~

# 살짝 연상이어도 여자친구로 삼아주시겠어요?

## ~최고의 왕자님~

## 6

노조미 코타 • 지음
나나세메루치 • 일러스트
유유리 • 옮김

NOVEL

# 지금까지의 줄거리

남고생 모모타 카오루와 열두 살 연상 여자친구 오리하라

히메의 교제 사실은 모두에게 비밀이었다.

그런데 히메의 언니 키사키의 재혼 상대가 설마 했던

모모타의 아버지 시게루였기에, 어쩔 수 없이 비밀이

밝혀지고 만다.

살짝이라고는 할 수 없는 나이 차를 이유로 모모타와

히메에게 이별을 종용하는 키사키.

그러나 두 사람의 굳은 인연은 결코 흔들리지 않았다.

두 사람은 사회적으로 인정받을 수 있는 날이 올 때까지

미래를 믿고 나아갈 것을 결심한다.

그리고 계절이 지나 모모타에겐 처음인, 히메에겐 그리운

문화제가 시작되려 하고 있었다.

커버, 권두 컬러, 본문 일러스트 **나나세메루치**

# prologue 프롤로그

옛날 옛적 어느 마을에 무척 사이좋은 세 소년이 살고 있었습니다.

세 사람은 서로를 우라, 카나, 모모라고 불렀습니다.

우라는 활발한 남자아이.

키는 작지만 호기심이 왕성하고 활기찬 아이였습니다. 우라는 다른 두 사람을 이끌고 나아가는 리더 격인 존재였습니다. 약간 으스대며 행동하는 면이 옥에 티였지만, 두 친구를 정말 소중히 여겼습니다.

카나는 얌전한 남자아이.

수다를 어려워하고 수줍음이 많아 밖에서 놀기보다 책 읽는 것을 좋아했습니다. 하지만 우라나 모모가 같이 놀자고 하면 기뻐하며 같이 놀러 나갔습니다.

모모는 태평한 남자아이.

체구는 가장 커다랗지만 온화하고 다정한 마음을 가졌습니다. 우라가 너무 의욕을 앞세우다 실수를 저지를 때는 늘 격려해주고, 카나가 무서워하며 울음을 터뜨리면 눈물을 그칠 때까지 옆에 있어 주었습니다.

세 사람은 언제나 함께 놀았습니다.

앞으로 더 자라고 어른이 되어도 쭉 함께 있을 거라고——지금의 관계가 쭉 이어질 거라고, 그렇게 믿어 의심하지 않았습니다.

하지만——.
그러던 어느 날.
세 사람이——중학생이었을 때.
그들의 곁에 한 소녀가 나타났습니다.
대도시에서 전학을 왔기에 친구가 없던 그녀를 리더인 우라가 무리로 받아줬습니다.
세 사람은 그 소녀를——류라고 불렀습니다.
친구가 한 명 늘어나 그들은 더욱 떠들썩해졌습니다.
함께 게임을 하고 산과 들을 뛰어다니고 서로에게 공부를 가르쳐주는 등……, 다양한 경험을 하며 그들은 점점 친해졌습니다.
세 사람이 네 사람이 되어도 그들의 우정은 변하지 않았습니다.
그들의 우정은 영원히 불멸——.
그렇게.
그런 식으로 생각했던 건,

태평한 성격인 모모뿐이었습니다.
다른 세 사람은……, 모모보다 아주 조금 일찍 마음이 성숙해졌던 것입니다.

우라는——류를 좋아하게 되어 버렸습니다.

소중한 친구라고 생각했던 여자아이를 어느 틈엔가 좋아하게 된 것입니다. 하지만 솔직하지 못한 고집쟁이인 우라는 그 마음을 전할 수 없었습니다.

좋아하는 마음을 가슴 속에 쭉 숨겨두고만 있었습니다.

하지만.

어느 날, 우라는 류의 상담을 들어주게 되었습니다.

"나, 카나를 좋아해."

이런 이야기를요.

우라는 무척 큰 충격을 받았습니다.

눈앞에 새카매지는 것 같았습니다.

그래도 카나라면 괜찮다고 생각했습니다.

친구니까, 누구보다도 소중한 친구니까 자신이 좋아하는 여자아이와 행복해졌으면 좋겠다고 진심으로 그렇게 생각했습니다.

그렇기에 우라는 자신의 마음을 꾹 눌러 참고 류에게 말했습니다.

"나만 믿어. 내가 꼭 너희를 이어줄게."

류는 무척 기쁜 얼굴로 우라에게 웃어 주었습니다.

"고마워. 우라에게 말하길 잘했어."

우라도 같이 웃었지만 마음은 무척 아팠습니다.

무척, 무척 아팠습니다.

우라는 그날부터 류와 카나를 이어주려 했습니다.

하지만.

카나는——류의 마음에 응할 수 없었습니다.

어쩔 수 없는 일이었습니다.

왜냐하면 카나에게는 달리 좋아하는 사람이 있었기 때문입니다.

우라는——용서할 수 없었습니다.

자신의 마음을 필사적으로 누르며 응원하고 있었기에 배신이라도 당한 듯한 기분을 느꼈습니다.

울컥해진 우라는 두 사람을 억지로 이어주려 했고, 카나는 계속 거부했습니다……. 그런 일이 반복되는 사이, 두 사람의 사이는 점차 나빠졌습니다.

그 상황이 고통스러워서 어느 날 카나가 말했습니다.

더는 버티지 못해서 말한 것입니다.

"그만 좀 해. 넌 왜 나랑 류를 이어주려 하는 거야?"

말해 버렸습니다.

"사실——우라는 류를 좋아하고 있잖아."

다른 사람의 마음에 민감한 카나는 예전부터 우라의 본심을 알아차리고 있었습니다.

알아차렸기에, 자신의 마음을 억누르고 상대방의 사랑을 응원하는 우라를 볼 때마다 가슴이 아파 도저히 가만히 놔둘 수 없었던 것입니다.

카나는 카나 나름대로 우라와 류가 이어지면 좋겠다고 쭉 생각하고 있었습니다.

그리고.

그 대화를——류가 듣고 말았습니다.

류는 그때 처음으로 우라의 마음을 알게 되었습니다.

자신이 얼마나 잔인한 짓을 했는지 깨달았습니다.

그런 류를 본 우라는 격한 수치심을 느꼈습니다.

숨기고 있던 마음을 들킨 것이 너무나도 창피하고, 비참하고 또 비참해서 버틸 수 없었기 때문입니다.

이 순간, 그들의 관계는――결정적인 파탄이 나고 말았습니다.

우라는 모든 것에 염증을 느껴 방에 틀어박혔습니다.

활발하고 으스대길 좋아하던 소년은 마치 다른 사람이라도 된 것처럼 어둡고 고립적인 사람이 되어 누구에게도 마음을 열지 않게 되었습니다.

카나는 모든 것을 놓아버리고 좋아하지도 않는 여자와 사귀기 시작했습니다.

얌전하고 수줍음이 많았던 소년은 마치 다른 사람이라도 된 것처럼 밝고 사교적인 사람이 되어서 얄팍한 웃음을 흘리고 남들과 표면적인 교류만 하게 되었습니다.

류는――깊은 죄악감을 끌어안은 채 그들과 거리를 두었습니다.

이것이 사건의 결말.

친한 친구였던 네 사람은 서로 엇갈린 마음으로 인해 깊은 상처를 입고 뿔뿔이 흩어져 버렸습니다.

하지만.

여기서 이야기를 마무리 짓지 못한 소년이 있었습니다.

모모입니다.

태평한 성격인 모모는 다른 세 사람과 달리 아직 사랑을 모르는 소년이었습니다. 다른 세 사람이 왜 그렇게까지 열심인지——어째서 깊은 상처를 입었는지 솔직히 이해되지 않는 부분이 많았습니다.

하지만 싫었습니다.

친구들이 뿔뿔이 흩어져버리는 게 너무나도 너무나도 싫었습니다.

그래서 모모는 노력했습니다.

뭐가 됐든 노력했습니다.

무언가 기사회생할 방법이 있었던 것은 아닙니다.

무언가 멋진 기적이 일어난 것은 아닙니다.

그저, 그저 우직하게——모두와 친하게 지내려 했습니다.

매일 우라의 집에 놀러 가고 매일 카나와 류에게 말을 걸었습니다.

그렇게 한결같이, 필사적으로 진지하게 관계를 수복하려 했습니다.

네 사람이 다시 사이좋게 함께 노는 미래를 꿈꾸며 필사적으로 계속 노력했습니다.

노력하면 전부 원래대로 돌아올 거라고 진심으로 그렇게 믿으면서——.

결과.

모모의 마음이 그들에게 닿았습니다.

우라는 학교로 돌아왔습니다.

카나와 우라는 점점 평범하게 대화할 수 있게 되었습니다.

세 사람은 함께 고등학교에 갈 만큼 사이좋은 친구로 돌아올 수 있었습니다.

하지만.

모든 것이 원래대로 돌아온 것은 아니었습니다.

류만큼은.

류만큼은 세 사람과 다른 고등학교로 진학하고 말았습니다.

"두 사람을 볼 낯이 없어."

모모가 아무리 설득해도 류의 죄악감이 흐려지는 일은 없었습니다. 좋은 친구였던 세 사람의 관계를 자신의 일방적인 마음으로 망가뜨려버린 자신을 도저히 용서할 수 없었던 것입니다.

이렇게 우라, 카나, 모모는 다시 세 사람으로 돌아왔습니다.

그리고 행복하게 살았습니다――라는 문장으로 이야기가 끝나지는 않았습니다.

그들의 이야기는 지금도 여전히 계속되고 있습니다.

꿈을 꾼 것 같다.
그리운 옛 시절의 꿈.
우라와 카나가 있고, 그리고 류도 있었던 시절의 꿈.
넷이서 함께 웃었던 시절의 꿈.
중학생 시절의 둘도 없는 눈부실 정도의 추억——.
"……."
침대에서 일어나 가볍게 옷매무새를 정돈했다.
뭔가 말이지.
그 시절의 꿈을 꾸다니 상당히 오랜만이다.
최근 들어서는 떠올리는 일도 많이 줄어들었는데——.
"……하아."
가볍게 숨을 토했다.
잠기운 탓인지, 아니면 방금 꾼 꿈 때문인지 어딘가 무거운 머리를 질질 끌고 가는 기분으로 난 방에서 나왔다.
하품을 죽이며 계단을 내려오자——앞치마를 입은 여성과 마주쳤다.
순간 할 말을 잃었다.
난 아직도 이 사람을 뭐라고 불러야 할지 망설이고 있다.
갑자기 호칭을 바꾸는 것도 이상한 것 같아서 결국 예전과 같은 호칭을 계속 쓰고 있는데——.
"잘 잤어? 카오루 군."

그녀가 나보다 먼저 인사를 했다.

온화한 미소로——내가 정말 좋아하는 사람을 쏙 빼닮은 미소로.

"좋은 아침입니다, 키사키 씨."

나는 그렇게 말했다.

결국은 다시 '키사키 씨'다.

왠지 부끄러워서 '어머니'라고는 부를 수 없었다.

"마침 깨우러 가려던 참이었어. 아침은 이미 다 해놨거든. 어서 먹지 않으면 학교에 지각할 거야."

몹시 평범하게 말한다.

내가 대답하지 못하고 있자, 키사키 씨가 의아해하는 표정을 지었다.

"……왜 그래? 어쩐지 기운이 없어 보이네?"

"아뇨……, 뭐라고 해야 하나."

의아해하는 얼굴의 키사키 씨에게 난 대답했다.

"키사키 씨가 저희 집에 있는 상황에 아직 익숙해지지 않아서요."

키사키 씨는 처음엔 눈을 크게 뜨더니 곧 쿡쿡 웃었다.

"아이참, 아직도 그런 소리야? 내가 살기 시작한 뒤로 벌써 일주일이나 지났는데."

"그건 그렇지만요."

"익숙해졌는지 아닌지로 말하자면 나도 아직 전혀 익숙해지지 않았어. 어디에 무슨 물건이 보관되어 있는지 파악도 전혀 못 했고, 세탁기랑 건조기도 잘 못 다루니까."

게다가, 하고 키사키 씨는 이어 말했다.

“카오루 군은……, 팬티 빨래를 하게 해주지 않고.”

“아뇨, 그건 좀……. 뭐라고 할까, 그……, 그렇잖아요?”

“나중에 자기 팬티만 빠는 거 귀찮지 않아? 세제랑 수도 요금도 아깝고.”

“저, 저도 알긴 하는데요.”

“하아 이거 참 사츄기 나이대의 아들이 있으면 엄마는 힘들어지는구나.”

농담처럼 말하는 키사키 씨.

사춘기……인가?

그런 건가?

어쨌든 싫단 말이야. 키사키 씨가 내 팬티를 빠는 거.

평범하게 창피하다는 이유도 있지만……, 애초에 키사키 씨는 나의 새로운 어머니임과 동시에 여자 친구의 언니이기도 해서…….

아직 여자 친구가 빨아준 적 없는 내 팬티를 여자 친구의 언니가 빨래해준다는 사실에……, 뭔가 저항감이 든단 말이지.

“우후후. 뭐, 상관없어.”

어서 세수하고 오렴.

그 말을 남기고 키사키 씨는 부엌으로 돌아갔다.

어째서인지 그 얼굴은 무척 충실감과 활력에 넘쳐 보였다.

오리하라 키사키.

살짝 연상인 내 여자 친구 오리하라 히메——의 친언니.

서른네 살에 돌싱.

전부터 몇 번인가 면식은 있었지만……, 얼마 전에 그녀가 교제 중인 상대가 무려 우리 아빠라는 사실이 발각되었다.

심지어 이럴 수가. 키사키 씨의 배에는 이미 내 동생이 있다고 했다.

아빠는 완고하게 '절대 속도위반 결혼이 아니다. 절대로 순서가 뒤집힌 게 아니다'라고 주장하고 있지만……, 사실 난 이미 키사키 씨에게 뒷사정을 들어서 알고 있다.

이 기회를 놓칠까 싶어서 전력 노가드 전법을 구사한 키사키 씨에게 아빠가 굴복한 형태인 모양이다.

심지어 시간 순서를 따져보면——아무래도 처음 만난 날 생겨버린 아이인 것 같단 말이지.

아빠…….

이제 마흔을 바라보고 있으면서…….

복잡한 기분이긴 하지만, 뭐 경사스러운 일인 건 확실하다.

여자 친구의 언니와 내 아버지의 재혼.

그런 황당무계한 대사건 때문에 계속 속이고 있던 나와 오리하라 씨의 관계를 키사키 씨에게 들켜버렸고, 그 탓에 한차례 소동도 벌어졌지만——.

이러저러해서 소동은 일단락되었다.

두 손 들고 허락해준 건 아니지만 묵인이란 형태로 안착되었다.

그런 격동의 9월을 보내고——지금은 10월 첫 번째 주.

아빠와 키사키 씨는 9월 말에 입적했다.

양쪽 모두 두 번째 결혼이기도 해서 결혼식은 미정. 출산이 끝나고 안정을 찾을 때쯤 가족들과 친척들만 모여서 할까 이야기가 나오는 정도다.

정식으로 부부가 되어, 정식으로 나의 '새어머니'가 된 키사키 씨는 10월 첫날부터 이 집에서 살고 있다.

무거운 몸으로 익숙하지 않은 환경에서 생활을 시작하면 이래저래 힘들고 스트레스를 받는 일이 많으리라 생각한다.

그렇기에 내가, 그리고 우리 가족이 최선을 다해 키사키 씨의 버팀목이 되어주어야 한다.

그렇게 벼르고 있었지만——.

이쪽의 맥이 빠져버릴 만큼 키사키 씨는 우리 집에 금방 녹아들었다.

가사를 멋지게 완수, 주부로서 훌륭하게 일하고 있다——.

"자, 카오루 군. 밥으로 할래, 빵으로 할래? 아니면……, 면으로?"

세수하고 부엌으로 향하자 키사키 씨가 상쾌하게 물었다.

마치 신혼 새댁 같은 분위기로.

아니, 뭐. 신혼이라고 하면 신혼 새댁이 맞긴 하지만.

"참고로 빵은 셀프서비스고, 면은 비축해둔 야키소바 컵라면이야."

실질적인 선택지는 하나뿐이었나 보다.

그보다 벌써 식탁에 야키소바를 올려두고 있잖아.

"……그럼 밥으로 하겠습니다."

"네, 알겠습니다~."
내가 식탁에 앉자 키사키 씨가 밥과 된장국을 준비해줬다.
손을 모아 "잘 먹겠습니다"라고 말한 뒤 식사를 시작했다.
"맛은 어떠니?"
"맛있어요."
"정말? 히메가 한 게 더 맛있다고 생각하는 건 아니고?"
"그런 생각 안 했어요."
장난스러운 얼굴로 묻는 말에 웃음기를 섞어 대답했다.
나 참……. 아무리 나 말고 아무도 없다지만 이렇게 당당하게 장난을 치다니.
"그러고 보니 아빠는요?"
"벌써 밥 먹고 접골원에 나가셨어."
"누나는요?"
"아직 자는 것 같아."
"그렇군요."
"슬슬 깨우는 게 좋을까?"
"아뇨, 아마 괜찮을 거예요. 의외로 늦잠 안 자는 타입이니까, 오늘은 다른 볼일이 없어서 자는 거겠죠."
"그래? 그럼 다행이고."
"……저기, 키사키 씨."
젓가락질을 멈추고 난 말했다.
"저……, 너무 무리하진 마세요."
"뭐?"
"키사키 씨, 이 집에서 살기 시작한 뒤로 매일 일찍 일어나서 아침을 준비해주시고……, 다른 가사도 정말 열심히 해주시잖아요……. 물론 정말 기쁘고 감사하지만……, 그래도 그걸로 혹시 무리하시면 어쩌나 걱정돼요.”

“…….”

“익숙하지 않은 환경에서 지내는 것도 힘들 테고……, 게다가 키사키 씨는 지금 홑몸이 아니잖아요. 더 편하게 계셔도 된다고 생각해요. 아침 식사 같은 건 저희 각자 알아서 먹을 테니까 느긋하게 주무셔도…….”

“역시 다정하구나, 카오루 군.”

다정하게 웃으며 키사키 씨가 말했다.

“걱정해줘서 고마워. 하지만 괜찮아. 무리하는 거 아니야. 할 수 있는 범위 내에서만 하고 있는걸.”

“정말이에요?”

“정말이야. 입덧도 가라앉아서 요즘은 몸 상태가 좋거든. 너무 움직이지 않는 것도 오히려 안 좋다더라고.”

“그럼 다행이고요.”

“시게루 씨도 이것저것 신경 써주고 있어……. 카에데는 반대로 전혀 신경 쓰지 않고 시원시원하게 대해주는데, 그건 그거대로 마음이 편해. 이러니저러니 해도 즐겁게 하는 거니까 괜찮아.”

“…….”

“그보다 말이지.”

키사키 씨는 이어 말했다.

웃는 얼굴에 약간 경련을 일으키면서.

"걱정하지 않아도……, 새삼스럽게 네 앞에서 무리해가며 폼 잡지 않아. 뭔가 바보 같으니까. '의붓아들에게 이상적인 엄마가 되자' 같은 야망은 이미 한참 전에 무너졌거든……."

"……아하하."

자조하는 듯한 말에 난 웃을 수밖에 없었다.

많은 일이 있긴 했지.

키사키 씨가 내 새로운 어머니란 사실이 판명되기 전부터 접점이 있었고, 저쪽은 날 스물다섯이라고 생각하고 있던 탓에……, 정말로 많은 일이 있었다.

주로 성적인 면에서.

어쨌든 간에……, 키사키 씨가 전체적으로 너무 오픈돼 있었다.

이제 와서 폼 잡는 게 바보스럽게 느껴지는 마음은 솔직히 말해 몹시 이해된다.

"……카오루 군은 매제가 될 사람이라고 생각하며 대했는데, 설마 매제가 되는 것보다 먼저 의붓아들이 돼버리다니. 정말이지 인생은 무슨 일이 벌어질지 알 수 없다니까?"

"동감이에요."

전적으로 동감한다.

여자 친구의 언니로 대하던 상대가 새어머니가 되리라고 예상할 수 있을 리가.

"어쨌든 결론은 이래서 인생은 재밌다는 거야."

대화를 정리하듯이 키사키 씨는 말했다.

확실하게 결론짓는 산뜻한 목소리로.

"조금 전에도 말했지만, 이제 와서 무리해가며 엄마처럼 굴 생각은 없어. 카오루 군은 이미 고등학생이고 카에데는 성인이니까. 너희가 조금 더 어렸다면 내가 엄마 역할을 맡을 필요가 있었을지도 모르지만……, 솔직히 말해 이제 와서 내가 그렇게 굴면 성가시겠지?"

"그렇긴 하죠."

쓴웃음을 지으며 고개를 끄덕였다.

상당히 적나라하고 스스럼없는 대화였다.

어렸을 때는 그런 마음도 있었다.

내게 엄마가 없다는 사실이 억울하고 애가 타서 새엄마를 바라는 마음이 없었다고 하면 거짓이리라.

하지만 고등학생이 된 지금은 그런 마음도 많이 흐려졌다.

"그러니까 우리는 서로 솔직하게 지내자, 카오루 군."

키사키 씨는 말했다.

"우리 둘 다 시게루 씨에게 말할 수 없는 비밀을 안고 있으니까……. 괜히 폼 잡거나 하지 말고 곤란할 때는 서로 돕고 의지하며……, 모자 관계보다는 대등한 파트너로서 같이 지내자."

"그게 가장 좋겠네요."

솔직히 이렇게 다 털어놓고 대해줘서 감사하다.

일방적으로 아랫사람으로 대하는 것이 아니라, 제대로 시선의 높이를 맞춰 상호적인 소통을 원해줘서 기쁘다.

모자 관계가 아닌 대등한 파트너.

조금 아쉬운 마음도 들지 않는 건 아니지만, 이것 역시 가족의 한 형태라고 생각한다.

갑자기 모자 관계로 지내려 하면 아무래도 서로 무리해야 할 테고, 무리한다 해도 표면적인 관계밖에 되지 못할 것이다.

그러니 지금은 어딘가 건조한 이런 관계가 좋다.

건조하지만 확실하게 열기를 품고 있는 관계가.

"아, 하지만."

키사키 씨는 장난스러운 얼굴로 덧붙였다.

"'엄마'라고 부르고 싶어지면 언제든지 불러도 좋아."

"……그럴 생각이 들면요."

어쩐지 부끄러워져서 시선을 피했다.

"우후후. 부끄러워하네."

키사키 씨는 쿡쿡 웃었다.

오리하라 키사키――.

지금은 모모타 키사키.

여자 친구의 언니이자 아빠의 재혼 상대.

내게는 새어머니이며 앞으로 처형이 될지도 모르는 신비한 상대.

처음에는 이제 어쩌나 싶었는데, 생각했던 것보다 같이 잘 해나갈 수 있을 것 같은 기분이 들었다.

『……흐응. 그래? 잘됐네.』

전화기 너머로 들려오는 오리하라 씨의 목소리는 상당히 어두웠다.

어둡다기보다는 분노를 억누르며 삐쳐 있는 느낌.

키사키 씨의 배웅을 받으며 집을 나온 뒤, 오리하라 씨에게 메시지가 도착했다.

특별한 용건 없이 단순히 아침 인사를 나누기 위한 메시지였지만, 아침 식사할 때 있었던 일을 듣는 과정에서 점점 상태가 이상해졌다.

그쪽은 아직 집에 있다고 했기에 난 전철에서 내려 전화를 걸었다.

그리고는 이런저런 이야기를 나눴는데, 삐친 듯한 태도가 점점 가속되어 갔다.

"왜, 왜 그러세요, 오리하라 씨?"

『……딱히~?』

"딱히라고 할 게 아니잖아요. 어쩐지 화내고 있지 않나요?"

『화낸 거 아니야. 조금도 화나지 않았어.』

말투가 여전히 뾰족뾰족하다.

누가 봐도 화를 내고 있는 상태다.

『모모타 군이 아침부터 언니랑 즐겁게 아침을 먹었다는 이야기 같은 걸 들어도 전혀, 조금도 부럽지 않은걸.』

"……."

아~. 역시 그랬나.

그게 이유였나.

"역시 그거 때문에 화가 나셨군요, 오리하라 씨."

『화난 거 아니라니까? 그냥, 뭐라고 할까……. 뭔가 좀 이상하지 않나 하는 정당한 의문을 품고 있을 뿐…….』

©Nanasemeruchi

삐친 듯한 목소리로 이어 말한다.

『하지만 그래도……, 이상하지 않아?! 왜 우리 언니가 내 남자 친구랑 한 지붕 아래에서 먹고 자는 걸 같이해?!』

"……."

새삼스러운 지적에 바로는 반론할 수 없었다.

타당한 의문이란 생각이 든다.

정말 왜 이런 상황이 돼버린 걸까?

"……아니, 같은 집에서 먹고 잔다고 해봤자 누나랑 아빠도 같이 있으니까……."

『그건 그렇지만……. 모모타 군, 요즘은 매일 같이 언니가 해준 밥을 먹고 있잖아?』

"그건, 그렇죠."

『슬슬 내가 해준 요리를 먹은 횟수 넘길 것 같지 않아?』

"……그렇죠."

오리하라 씨가 직접 한 요리는 셀 수 있을 정도밖에 먹어보지 않았으니, 이 페이스로 가면 금방 추월해버릴 거다.

최근에는 아침이랑 저녁을 키사키 씨가 해준 밥으로 먹고 있으니까.

『얼굴을 마주하는 빈도도 요새는 나보다 언니 쪽이 더 많지?』

"……그렇죠, 아무래도."

그야 한집에 살고 있으니까.

어느 한쪽이 피하는 게 아니라면 아무래도 매일 얼굴을 마주할 수밖에 없다.

『으으……. 어째서 이렇게 된 거야…….』

"왠지 죄송해요."
『아, 미안. 딱히 사과받고 싶었던 건 아니야.』
나도 모르게 사과하자 오리하라 씨는 황급히 덧붙였다.
『어쩔 수 없는 일이라고 생각하고, 모모타 군 때문이 아니란 것도 잘 알아. 언니가 모모타 군의 집에 잘 녹아들어서 생활하고 있다는 건 동생으로서 순수하게 기뻐.』
하지만, 하고 오리하라 씨는 이어 말했다.
『언니랑 모모타 군이 한 지붕 아래에 동거하면서 내가 모르는 모모타 군을 언니가 잔뜩 탐미하고 있을 거라고 생각하면……, 뭐라고 해야 할까, 이런……, 어떻게 할 수 없는 질투가 싹터버려.』
"……그렇죠~."
피곤해지는 말을 한다 싶으면서도 심정은 이해가 갔다.
만약 반대 입장이라면 나도 상당히 귀찮게 굴었을 것 같다.
내게 형은 없지만——형이 있다고 가정하고.
다른 가족도 있다고 해도 그 형과 오리하라 씨가 한집에서 살고 있다면……, 냉정함을 유지할 수 없을지도 모른다.
『심지어 언니는……, 근황 보고라는 핑계를 대면서 모모타 군 이야기만 한단 말이야. '오늘 모모타 군이 음식을 칭찬해 줬어'라거나 '모모타 군이 속옷을 못 빨게 해~. 사춘기라서 귀엽다' 같은 말.』
"그, 그런 걸 하고 있었어요?"
『오늘은 모모타 군의 자는 얼굴 사진을 보내면서 자랑했단 말이야!』

"그런 걸 했어요?!"

내 새어머니는 대체 뭘 하고 있는 거야?!

어째서 굳이 약을 올리는 거지?!

『'자는 얼굴, 사진문자로 찍어버렸어. 혹시 자는 얼굴을 히메보다 먼저 봐버렸나?'라고 약 올리는 메시지까지 같이 보내서……! 부, 분해……! 어째서 난 친언니에게 이런 식으로 견제를 당해야 해……?!』

"지, 진정하세요."

『물론 우리 언니, '사진문자'라는 단어부터가 이미 한물간 게 보이지만! 80년대 초반 출신인 게 은근슬쩍 나오고 있지 않아? 요즘 젊은이들은 못 알아듣지? 물론 80년대 후반에 태어난 나는 이제 '사진문자' 같은 말은 절대 안 쓰지만! 감성이 젊으니까! 시대에 차근차근 순응하고 있으니까!』

이때라는 듯이 젊음을 내세워 견제하는 오리하라 씨였다.

사진문자라.

피처폰 세대 사람들은 휴대전화로 찍은 사진을 '사진문자'라 부르는 것이 일반적이었다고 한다.

그 세대의 사람들은 스마트폰으로 찍는 사진도 여전히 '사진문자'라고 부르는 편이다.

'TV 채널을 돌린다', '비디오를 뒤로 돌린다'와 같이 과거의 테크놀로지에서 유래한 단어가 남아 있는 형태다.

피처폰을 써본 적이 없는 세대인 나도 아빠와 주변 어른들이 자주 쓰니까 '사진문자'라는 단어 정도는 안다.

그보다……, 솔직히 말해 오리하라 씨도 가끔 평범하게 '사진문자'란 말을 썼던 것 같은 기분이 드는데, 지금은 말하지 않기로 하자.

『하아……. 정말이지 언니 때문에 아침부터 마음이 굉장히 복잡해…….』

깊게 한숨을 쉬는 오리하라 씨.

"복잡, 하겠죠, 역시……. 그럼 이렇게 해요."

난 말했다.

조금 창피하긴 했지만 살짝 폼을 잡으면서.

"다음에 볼 땐 그 복잡한 마음이 전부 날아갈 만큼……, 꼬, 꽁냥꽁냥하기로 해요."

『…….』

전화기 너머로 숨을 들이켜는 소리가 들렸다.

큰일 났다. 어떡하지?

혹시……, 썰렁했나?

연인 간의 문제를 꽁냥꽁냥하는 것으로 얼렁뚱땅 넘어가려 하는 남자 친구가 돼버린 걸까?!

순간 격렬한 불안이 엄습했지만,

『……으, 응. 그래. 잔뜩 꽁냥꽁냥하자.』

오리하라 씨가 기뻐하는 듯, 안심한 듯한 목소리로 대답해 줘서 휴 하고 가슴을 쓸어내렸다.

다행이야.

썰렁하진 않았나 봐.

『미안해, 모모타 군. 아침부터 내내 불평만 해서.』

"아뇨, 괜찮아요."

『덕분에 많이 시원해졌어. 고마워.』

"그럼 다행이에요. 아, 죄송해요. 슬슬 학교에 도착할 것 같아요."

통화하면서 걷기를 몇 분.

도로 건너편에 교문이 보이기 시작했다.

"사실 오늘은 아침부터 반에서 회의 비슷한 걸 해야 해서……, 조금 일찍 왔거든요."

『회의……. 아, 그렇구나. 그러고 보니——얼마 안 남았네.』

"네. 이제 얼마 안 남았어요."

『응, 알았어. 그럼 또 봐. 나도 힘내서 일하고 올게.』

통화가 끝났다.

스마트폰을 가방에 넣은 뒤, 다시 고개를 들고 교문을 바라보았다.

익숙했던 교문은 지금 약간 익숙하지 않은 모습이다.

베니어판, 꽃 장식 등 문화제 입장 게이트로 눈에 확 띄도록 교문을 장식할 도구가 늘어서 있다. 작업은 아직 시작되지 않았다. 그저 필요한 물건을 늘어놓았을 뿐.

문화제.

수많은 고등학생이 고등학교 생활 중 세 번밖에 경험하지 못하는 축제.

내 첫 고등학교 문화제——개최는 일주일 앞으로 다가와 있었다.

# 제 2 장 ♠ 왕자님들의 제전.

점심시간.

난 평소와 같은 멤버로 평소와 같이——우라와 카나 셋이 함께 빈 교실에서 점심을 먹고 있었다.

"학교 전체에 점점 활기가 돌기 시작한 게 느껴지지?"

"그러게."

카나의 말에 고개를 끄덕였다.

세이잔 고등학교 문화제——'세이잔제'

개최일을 일주일 앞둔 지금, 각 반이 늦은 시간까지 남아 축제 준비를 하고 있다.

우리 학교 문화제는 2학년을 중심으로 이루어지는 경향이 있다.

기합을 넣어 준비하는 사람 중에도 2학년이 많다고 했다.

3학년은 대입 준비 때문에, 1학년은 처음 해보는 것이기에 의욕이 약간 떨어지는 반이 많다는 모양이다.

우리 반도 그 예시에 포함되어서 적당히 분발해 문화제를 준비하는 느낌이다.

하지만 개최일이 일주일 앞으로 다가오자 주변의 열기가 옮겨붙더니, 건성이던 자세에도 점차 열기가 돌기 시작했다.

우리 반이 하는 것은 '야키소바 가게'.

왕도 중의 왕도.

뻔한 것 중의 뻔한 것.

사전 정보에 따르면, 우리 말고도 두 반 정도 '야키소바'를 파는 모양이었다. 이렇게 겹치는 건 학교측에서 신경 쓰지 않는 듯했다.

난 문화제 실행위원이나 반 대표가 아니라 그저 반에서 시키는 걸 그대로 하는 역할이지만——그런 나도 조금은 기분이 들떴다.

"기대되네. 우리에겐 첫 문화제잖아. 물론 1학년은 대단한 건 못 하겠지만, 기왕이면 마음껏 즐기고 싶지?"

"후후. 말은 잘하네."

카나가 뿜을 듯이 웃었다.

"문화제 준비를 시작했을 무렵에는 마음이 완전히 다른 데에 가 있었으면서."

"윽……."

"문화제보다 오리하라 씨를 노골적으로 우선시하면서, '오리하라 씨가 없으면 내겐 청춘 같은 건 있을 수 없다'고 폼 잡았으면서."

"으, 으으……."

그걸 지적한다면 돌려줄 말이 없어서 고개를 숙일 수밖에 없다.

카나의 말이 맞다.

문화제의 준비가 시작됐을 때——3주쯤 전에는 솔직히 말해 문화제 같은 걸 신경 쓸 겨를이 없었다.

아빠의 재혼 상대가 키사키 씨라는 것이 밝혀지고, 키사키 씨에게도 우리의 관계를 들켰다……. 그런 문제로 우왕좌왕

하던 시기였다.

하지만 현재.

그러한 문제들은 어떻게든 정리됐다.

덕분에 마음에 여유가 생겨 학생답게 문화제에 몰두해보자는 마음도 생겨났다.

"그러고 보니 오리하라 씨도 문화제에 온다고 했던가?"

"뭐, 그렇지."

처음에는 부르지 말지 망설였다.

오리하라 씨는 전부터 내가 다니는 고등학교를 구경하고 싶어 했으니까, 외부인을 초청해도 되는 문화제이니 딱 좋은 기회로 여겨졌다.

하지만 우리의 관계가 밝혀질 가능성 때문에 망설이고 있었는데——얼마 전.

이부스키와 이야기를 나누다 문득 깨달았다.

아빠와 키사키 씨가 결혼하면서 뜻밖에도 지금——나와 오리하라 씨는 친척이 돼버렸다.

우린 예전부터 '만에 하나 우리가 같이 있는 걸 누가 보면 친척이라면서 얼버무리자'라는 작전을 세워두었는데, 무려 현실이 되고 만 것이다.

'거짓말이 진실이 된다'란 말은 바로 이런 상황을 가리키는 것이겠지.

우리가 정식으로 친척이 된 이상, 문화제에 불러도 문제가 될 일은 아무것도 없다.

오리하라 씨는 당당하게 문화제에 와도 된다.

"그래, 그래. 모모는 그래서 갑자기 의욕이 생겼구나. 하긴 오리하라 씨 앞에서 한심한 모습을 보여줄 순 없겠지."

어이없어하며 말하는 카나.

"정말로 청춘의 중심이 오리하라 씨네."

"……시끄러워."

강하게 부정할 수는 없었다.

음~

나로서는 어디까지나 학생이 감당할 수준을 벗어난 가족과 연인 간의 문제가 정리되어서 이제야 학생다운 이벤트에 집중할 수 있게 됐다는 느낌인데……, 어떠려나.

오리하라 씨가 온다고 하니까 더 분발하는 부분도……. 뭐, 있기야 하겠지.

모처럼 여자 친구가 온다고 하니 분발하는 건 당연하다.

기왕 오는 거 재밌게 즐겨줬으면 좋겠고, 문화제 같은 학교 행사를 대충 넘기는 남자라고 생각하게 만들고 싶지도 않다.

이거야 원.

결국 카나의 말이 맞는 건가?

여자 친구가 청춘의 중심이란 말을 들어도 반박할 수 없다.

그렇게 속으로 자조하고 있는데――.

"켁, 태평하구만."

대화에는 참가하지 않은 채 혼자 황급히 매점 빵을 먹던 우라가 오랜만에 입을 열었다.

살펴보니 빵은 이미 다 먹은 뒤였다.

굳이 따지자면 먹는 속도가 느린 편인 우라가 오늘은 유례

없이 빠르게 점심 식사를 마쳤다.

"이 녀석도 저 녀석도 문화제, 문화제……."

평소의 우라라면 여기서 성대한 욕설이 시작됐을 것이다.

예를 들자면.

"문화제……. 양지 캐릭터의 양지 캐릭터에 의한 양지 캐릭터만을 위한 제전……. 어리석은 대중의 극치이자 끝없이 계승되어 온 부(負)의 유산……. 일본의 학교 교육은 왜 단체행동을 유난히 강요하는 거지? 학교가 강요하는 반이라는 테두리 안에서 강제로 함께 있는 것에 무슨 의미가 있지? 이런 건 선량한 사람인 양 구는 양지 캐릭터가 겉으로는 '반 아이 모두가 한마음이 되어 열심히 노력하자' 같은 슬로건을 내세우면서 거스르고 싶어도 거스르지 못하는 스쿨 카스트 하위에 있는 놈들을 심부름꾼으로 부려먹을 뿐인 이벤트야……. 급격히 거리를 좁혀 온 주제에 문화제가 끝나면 '아, 아랫놈들이랑 어울리는 시기는 이제 끝났지'란 얼굴을 하며 멀어지지. 보나 마나 쓰레기 같은 반 단체 아이템 같은 것도 강매하겠지……? 거스르지 못하는 분위기로 현금을 징수할 게 뻔해……. 거절하지 못하는 분위기에서 갖고 싶지도 않은 걸 강매하다니, 어엿한 사기 행위라고! 최면 상술이야! 난 고소도 불사하겠어!"

이런 느낌이 아닐까?

……내가 생각해도 이렇게까지 긴 걸 잘도 예상했군.

우라와 오래 알고 지냈기 때문인지, 아니면……, 내 안에 있는 어두운 부분이 이때를 기다렸다는 듯이 기어 나오는 건지.

어쨌든.

평소의 우라라면 분명 이런 식으로 욕설을 퍼부었을 거다.

하지만 오늘의 우라로 말하자면——.

"문화제……, '참가하자'느니 '즐기자'느니 하는 의식을 가지고 있는 놈들은 마음 편해서 좋겠어. 당사자 의식이 별로 없나? 이쪽은 그런 녀석들에게 일을 시키고, 추켜세우고, 어르고 달래서 단합시키면서 어떻게든 진행이 되게 만들어야 하는 입장이라고. 사람들 위에 선다는 건 정말 귀찮다니까."

""……""

"아아—. 바쁘다, 바빠. 오늘도 이따 회의하러 가야 해. 느긋하게 점심이나 먹고 있을 시간도 없어."

""……""

할 말을 잃은 나와 카나.

그러나 우라는 그런 우리를 아랑곳하지 않고 짐을 정리하더니 자리에서 일어났다.

"따라서 난 이만 간다. 물론 굳이 내가 나설 필요도 없는 최종 확인이지만, 우리 반은 아무래도 믿음직스럽지 못한 녀석이 많아서 말이야. 내가 아니면 안 된다고 울며 매달리거든. 아아, 나 참, 귀찮아 죽겠네."

""……""

"음? 뭐야. 너희. 왜 그렇게 멍청하게 있냐?"

"아니……."

난 말했다.
"엄청 즐거워 보이네 싶어서."
"뭐?!"
내 말에 우라의 얼굴이 새빨개졌다.
"내, 내 어디가 즐거워 보인다는 거야! 웃기지 마!"
"아니, 즐거워 보여. 뭔가 굉장히……."
"차, 착각하지 마! 난 문화제 따윈 아무래도 좋은 데다가 지금의 반에 아무런 애착도 없으니까! 그저……, 뭐라고 할까, 이익을 추구하는 이런 기업적 활동에 흥미가 있는 것뿐이야! 권력으로 도움이 되지 않는 엑스트라들을 움직여 이익을 내는 일에 보람을 느낄 뿐이라고!"
새빨간 얼굴로 내뱉듯이 외친 후, 우라는 마치 도망치듯이 떠나갔다.
우라노가 빠른 걸음으로 교실에서 나간 참에 밖에서 여자 목소리가 들려왔다.
"앗, 우라노."
모습은 보이지 않았지만 이 목소리는 이부스키일 것이다.
우라가 밖으로 나간 타이밍에 마주쳤나 보다.
"여어, 너냐."
"태도가 왜 그래? 모처럼 데리러 와줬더니."
"부탁한 적 없거든?"
"그거 죄송하게 됐네요. 또 도망치는 게 아닌가 싶어 걱정됐거든."
"……내가 도망친 건 네가 '같은 반 애들 전원 앞에서 자기 소개를 하게 한다'는 쓰레기 같은 제안을 했을 때뿐이다만."
"그, 그건 미안하다니까? 깊이 반성했어."
"켁. 어서 가자."
"앗, 같이 가. 넌 걸음이 빠르단 말이야."
"서두르지 않으면 시간이 없잖아. 우리 반 전원에게 배부할 단체 아이템을 오늘 정하지 않으면 당일에 못 받는다고."
"나도 안다니까?"
"이런 종류의 물건은 은근히 중요해. 개중에는 삐딱한 태도로 '사기 아냐?', '거절할 수 없는 분위기에서 강제로 사게 하는 건 최면 상법 아닌가?'라고 비판하는 녀석들도 있겠지만, 전체의 퍼포먼스를 생각할 경우——."
복도에서 울리는 목소리가 점점 작아졌다.
문화제를 위해 회의를 하러 간 것이리라.
반 대표가 된 우라와 이부스키 둘이서.
"……뭐라고 해야 하나, 놀랍지 않아?"
잠깐 침묵한 카나가 놀라움이 가시지 않은 얼굴로 말했다.
"설마 우라가 이렇게까지 적극적으로 나설 줄이야."
"……정말 그래."
음지 캐릭터 중의 음지 캐릭터——우라노 이즈미.
그런 우라가 문화제 반 대표라는, 잘못돼도 한참 잘못된 직함을 맡게 된 건 이부스키가 같이하자고 제안했기 때문이라고 들었다.
한발 먼저 여자 반 대표로 정해진 이부스키가 우라를 지명했다고 한다.

처음에 우라는 절망과 치욕을 느껴 당장이라도 등교를 거부할 것 같은 모양새였는데——완전한 미스매치였던 직함 임명으로부터 벌써 2주.

정신을 차리고 보니, 우라는 반 대표의 일을 의기양양하게 척척 해치우고 있었다.

입으로는 '귀찮아'라고 하지만 몹시 충만해 보인다.

"전체 반 대표 회의도 몇 번 있었는데 평범하게 녹아들어 있었어. 내 옆에서 주눅 들었던 건 첫 회의 때뿐이고, 지금은 평범하게 앞에 앉아서 의견도 내고 그래."

마찬가지로 반 대표인 카나가 감탄한 듯이 말했다.

"한때는 어쩌나 싶었는데, 어떻게든 되기 마련이구나."

나 역시 안도의 한숨을 쉬었다.

2주 전에는 나도 가족과 애인 문제로 바빠서 우라 쪽은 그다지 신경을 못 쓴 바람에 미안하게 생각하고 있었는데, 아무래도 내 걱정은 전부 기우로 끝난 것 같다.

내 도움 같은 건 처음부터 필요 없었다.

이거야 원.

이러니 이부스키에게 '과보호'란 말을 들어도 어쩔 수 없지.

"뭔가 말이야——옛날의 우라로 돌아온 것 같지?"

카나는 말했다.

어딘가 먼 산을 바라보는 듯한 눈으로.

"그러게."

나도 고개를 끄덕였다.

기억난다. 옛날의 우라가.

활발하고 쾌활하며 반의 중심인물 격의 리더십 넘치는 소년이던 우라노 이즈미를――.

"완전히 변해버렸다고 생각했는데……, 근본적인 부분은 의외로 잘 안 변하는 걸지도 모르겠네."

"변하지 않았어. 좋아하는 사람 앞에서는 무리해서 분발하는 점은……, 정말로 변하지 않았다니까."

옅은 미소에서 튀어나온 말에는 약간의 가시가 있었다.

그러나 그 가시는 외부가 아닌 내부를 향해 있는 것처럼 느껴졌다. 남이 아닌 자신의 과거를 두고 빈정거리는 듯한 자학과 자조의 말이었다.

문득 떠올랐다.

우리 세 사람――아니, 우리 네 사람의 중학생 시절을.

당시의 우라는 확실히 분발하고 있었을지도 모른다.

좋아하는 아이 앞에서――류의 앞에서 분발하고 있었을지도 모른다.

상당히 무리해가면서.

"후후. 저 둘, 기대되네."

갑자기 태도를 바꾸어 가벼운 목소리로 말하는 카나.

살짝 어두워진 분위기를 바꾸고 싶었는지도 모른다.

"문화제가 끝난 뒤에 맺어지는 커플이 많다고 하니까 어쩌면 정말 그렇게 될지도 모르지~."

"과연 어떠려나."

"저 둘, 잘 어울린다고 생각하는데."

"……자꾸 남의 연애에만 신경 쓰는데, 넌 어때?"

난 말했다.
특별히 깊은 뜻 없이, 별것 아닌 잡담이나 나눌 생각으로.
"나?"
"여자 친구랑……, 우오미랑 잘돼 가?"
"아, 응. 우타랑은 뭐, 즐겁게 지내."
"그렇구나."
"……솔직히 말해서 이렇게 오래갈 거라고는 생각도 못 했는데."
어딘가 상념에 잠긴 듯한 목소리로 카나는 말했다.
"4월에 입학하자마자 바로 사귀기 시작했으니까……, 이래저래 반년 정도 사귄 셈이구나. 응, 내겐 최고 기록이야."
확실히 새삼스럽게 생각해 보니 카나에겐 과거 최장 기록이라 할 수 있을지도 모르겠다.
중학생 시절에 벌어진 그 사건 이후――카나는 갑자기 사교적인 성격으로 변하더니 여자아이들 사이에서 인기가 굉장해졌다.
누가 고백하면 그게 누구든 바로 사귀었다.
하지만 그 누구와도 오래 가지는 못했다.
길어봤자 기껏해야 두 달 정도.
중학생의 연애란 원래 그렇다고 하면 그럴지도 모르지만, 카나는 그런 짧은 교제를 몇 번이나 반복했다.
"나부터가 내내 오는 사람 안 막고 가는 사람 안 잡는다는 자세였으니까."
"THE 인기남 같은 대사네."

농담을 하긴 했지만 속으로는 복잡한 기분이다.

오는 사람 안 막고 가는 사람 안 잡는다.

본인은 그렇게 생각하고 있을지 모르지만――그건 조금 다르다.

'가는 사람 안 잡는다'는 부분은 사실일 것이다.

하지만――'오는 사람 안 막는다'는 부분은 거짓말이다.

본인은 거부하지 않고 누구든지 받아들인다는 생각을 할지도 모르지만――사실 카나는 계속 거부하고 있는 거라고 생각한다.

가까이 다가오는 모든 여성을.

더 깊은 관계가 되고자 하는 모든 상대를.

남자 친구와 여자 친구 관계가 되었다고 해도, 절대 마음속 깊은 곳까지 침범하게 두지 않았다.

"대체로 언제나 비슷한 말을 들으며 차인단 말이지. '정말로 날 좋아해?'라거나, '무슨 생각인지 모르겠다'라거나."

"……."

그건 어쩐지 무척이나 서글픈 이별 이야기처럼 여겨졌다.

싸움 이전의 문제다.

마치 처음부터 그 사이에 사랑 따위는 존재하지 않았다는 것처럼――.

"하지만 우타의 경우는……."

여기서 카나의 표정이 약간 흐려졌다.

근심 어린 채 난감해하는 얼굴이 뭐라 할 수 없는 복잡한 표정으로 변했다.

"……응. 그 애의 경우는……, 오히려 그쪽이 무슨 생각인지 알기 어려우니까."

"아……."

확실히 맞는 말이라고 생각했다.

우오미 우타.

무슨 생각을 하는지 알 수 없는 계열의 여자아이다.

엉뚱하다거나 미스티어리어스하다는 등의 기존 단어로는 설명할 수 없다.

그저, 그저 무슨 생각을 하는지 알 수 없다.

"우타는 같이 있으면 질리지 않아. 기본적으로 이해가 안 되지만, 의외로 예의나 매너 같은 부분은 확실하게 지키고 눈치가 필요한 순간에는 확실하게 분위기를 파악해서 신경 써 주거든. 그래서 뭔가……, 헤어질 타이밍을 놓친 느낌이야."

"……."

가슴이 따끔따끔 아파왔다.

불시에 흘러나온 그 말이 카나의 마음 깊은 곳에서 새어 나온 진심 같아서 어쩐지 괜히 쓸쓸해지고 말았다.

헤어질 타이밍을 놓쳤다.

그런 말을 하다니, 마치――처음부터 오래 사귈 생각이 없었다는 것 같잖아.

언제고 딱 좋을 때 헤어지는 걸 처음부터 상정하고 있었던 것 같잖아.

학생의 연애란 몇 개월 만에 끝나버리는 것이 보통이고 대다수일지도 모르지만, 그렇다고 해서 처음부터 이별을 전제로 사귀다니, 그건 어쩐지 몹시 외로운 관계처럼 느껴졌다.
카나는 웃고 있다.
평소와 같이 산뜻하게.
태연해 보이지만——태연하게 보이도록 행동하는 것처럼 보여도 역시 중학생 때의 일을 여전히 질질 끌고 있는 걸까?
남의 연애에는 모든 걸 꿰뚫어 보고 있다는 얼굴로 적합한 어드바이스를 해주는 주제에, 자신의 연애에서는 무척이나 미숙한 것 같았다.

『문화제라~. 정말 옛날 생각이 나네.』
그날 밤.
저녁을 먹고 목욕을 마친 뒤, 오리하라 씨에게 전화를 했다.
용건은 특별히 없다.
상대방의 목소리가 듣고 싶어서.
그저 그뿐.
애인 사이는 고작 그뿐인 이유로 전화해도 되는 관계다.
『고등학교 문화제 같은 건 벌써 10년 정도 전의 일이니까.』
"그렇군요."
『……그렇구나아. 10년이나 더 지난 이야기구나아. 나이 먹었네, 나…….』
"저기, 오리하라 씨. 스스로 말해놓고 스스로 좌절하지 말아주세요."
이런 쪽은 여전히 민감한 문제인가 보다.

“저기, 그래서 말인데……, 와주실 거죠? 오리하라 씨.”
『응. 그날은 평범하게 휴일이니까.』
올해 문화제가 열리는 날은 토요일.
오리하라 씨는 기본적으로 주말과 공휴일은 쉰다.
평소 모습으로는 상상할 수 없지만, 오리하라 씨는 사실 우량 기업의 우수한 지위에서 일하고 있는 엘리트 캐리어 우먼이다.
……어쩐지 아무렇지 않게 ‘평소 모습으로는 상상할 수 없지만’이라는 무척 실례되는 서두를 달아버렸군.
방금 건 취소. 응, 취소.
외모 그대로, 인상 그대로 우수한 캐리어 우먼인 걸로 하자.
『기뻐라. 모모타 군이 다니는 고등학교가 어떤 느낌인지 전부터 한 번은 보고 싶었거든. 이런 기회가 아니면 외부인은 좀처럼 학교에 들어갈 수 없잖아.』
정말로 기쁜 듯이 말하는 오리하라 씨.
『모모타 군네 반은 야키소바를 할 거라고 했던가?』
“네. 이보다 더 전형적일 수 없죠.”
『그럼 배를 비워두고 가야겠다. 모모타 군의 활약을 기대하고 있을게.』
“아, 너무 기대하지 마세요. 정말로 평범한 야키소바니까요. 저도 문화제 같은 데서 활약하는 타입이 아니고요.”
원래도 나는 반에서 눈에 띄지 않는 편인 데다, 이번 문화제 준비에서도 크게 눈에 띄지 않았다고 자부한다.
시키는 걸 시키는 대로 하고 있을 뿐이다.

당일에도 아마 그런 느낌일 것이다.

“전에도 말씀드렸지만, 저희 반은 이런 이벤트에 그다지 힘을 쏟지 않는 반이라서…….”

『그 이야긴 들어서 알고 있지만……, 그래도 모모타 군이잖아. 의욕 없는 반을 하나로 뭉치게 만들어서 ‘한 번밖에 없는 청춘을 온 힘을 다해 즐기자!’ 같은 느낌으로 불을 지피지 않을까 하고…….』

“……절 뭐라고 생각하시는 거예요?”

여자 친구의 평가가 영문을 알 수 없을 만큼 높다.

하긴 오리하라 씨는 평소의 날 모르지.

학교에서 난 정말로 눈에 띄지 않는 존재다.

스쿨 카스트에서는 잘 봐줘도 중하 정도의 위치일 것이다.

“저 같은 건 높은 곳을 장식하는 일꾼으로 여자애들에게 혹사당하는 남자애일 뿐인걸요.”

『모모타 군은 키가 크니까~. 하지만……, 그렇다면 조금 걱정되네.』

“네? 뭐가요?”

『그야……. 모모타 군이 그렇게 여자애들을 도와주면……, 모모타 군을 좋아하는 아이도 나오지 않을까?』

“무슨 말씀이세요? 그런 여자애는 없어요.”

『에엥~……. 하지만 난 모모타 군이 높은 곳에 있는 걸 꺼내주면……. 뭐라고 할까? 두근거리는데?』

“……네? 그, 그건……, 감사합니다.”

『아, 아냐, 아냐.』

"……."

『…….』

잠깐, 이 대화 뭐야?

풋풋하잖아!

이제 막 사귀기 시작한 커플이냐고!

우린 벌써 반년 가까이 사귀는 중인데!

『……으음. 어, 어쨌든 기대된다, 문화제.』

분위기를 바꾸려는 듯이 오리하라 씨가 말했다.

『난 외부인을 초청하는 문화제는 처음이야. 어떤 느낌일지 꽤 궁금해.』

"그런가요?"

『우리 고등학교 문화제는 그런 타입이 아니었거든. 반마다 테마를 정해서 공연하는 연극제나 테마곡을 노래하는 합창제였어. 그걸 1년 주기로 로테이션하는 느낌이었지.』

"하아~. 그렇군요."

오리하라 씨가 다녔던 고등학교는 토린 여고라는 사립 여학교다.

우리 지역에서 손에 꼽히는 아가씨 학교인 만큼, 문화제에서 어딘가 격조가 느껴진다.

『우라 군이랑 카나 군네도 오랜만에 보고 싶었으니까~. 이런 기회가 아니면 모모타 군 친구들은 보기 어렵잖아.』

"그 애들은 둘 다 반 대표를 맡았으니까요. 저보다 훨씬 기합을 넣어서 준비하고 있어요."

『그렇다고 했지. 카나 군은 이해하지만……, 설마 우라 군이 반 대표를 맡게 되다니. 아, 이런 말을 하면 실례인가?』

"아니에요. 저도 완전히 같은 생각을 했거든요."

그만 웃고 말았다.

"뭐……, 우라 녀석도 드디어 조금 앞으로 나아간 게 아닐까 싶어요."

물론――지금의 우라를 나쁘게 생각한 적은 없다.

자타공인 음지 캐릭터 중의 음지 캐릭터였다고 하더라도 그건 그거대로 저마다의 삶이다.

'음지 캐릭터=불행하고 비참하다'라 단정 짓고 일방적으로 불쌍하게 여기는 건 몹시 차별적인 생각이라고 생각한다.

하지만.

난 옛날의 우라를 알고 있으니까.

활발하며 밝고 반의 중심인물 격인 리더십 넘치는 소년.

딱히 지금의 우라가 싫은 것도 아니고 변했으면 좋겠다고 생각하는 것도 아니지만……, 옛날 모습과 조금 가까워진 우라를 보고 있으면 어딘가 마음이 놓인다.

그 계기가 이부스키에 대한 마음인지 아닌지는 알 수 없지만――그게 무엇이든 나쁜 일은 아니라고 생각한다.

『……모모타 군은 뭔가 우라 군의 엄마 같아.』

"윽……."

결국 오리하라 씨에게도 이런 말을 듣게 되다니.

뭔가 말이지.

난 평범하게 친구로 대하고 있는 것 같은데.

그렇게 이런저런 이야기를 나누다 보니 밤이 깊었다.

『그럼 토요일에 잘 부탁해.』
“네. 학교에 도착했을 때 연락주시면 제가 마중 갈게요.”
『고마워. 나도 제대로——준비하고 갈게.』
여기서 통화가 끝났다.
“……준비?”
준비라는 게 무슨 준비지?
꾸미고 오겠다는 뜻인가?
음?
“……뭐, 괜찮겠지.”
마지막 한마디가 조금 신경 쓰였지만, 난 깊이 생각하지 않았다.
결론부터 말하자면.
나는 이 한마디를 대충 흘려들은 걸——축제 당일에 무척이나 후회하게 된다. 어째서 이때 깊게 추궁하지 않았는지 깊은 회한에 잠긴다.
어쩔 수 없다고 하면 어쩔 수 없는 일이지만.
왜냐하면 문화제 직전에——이런 말 한마디에 신경 쓸 겨를 같은 건 없는 엄청난 사건이 벌어지기 때문이다.

사건이 발각된 것은——문화제 3일 전이었다.
축제 개최일이 코앞으로 다가와서 각 반은 준비 작업의 마무리 단계에 들어갔다. 복도에는 교실에 다 보관하지 못한 준비물이 복도에까지 늘어섰고, 방과 후에는 대부분의 반이 남아서 교실 꾸미기 작업이나 리허설과 같은 최종 조정에 들어갔다.

"어라……?"

점심시간.

곧 축제라는 분위기가 가득한 복도를 걸으며 평소처럼 우라를 데리러 그 녀석의 반에 갔는데——.

"……?"

없다.

반의 어디를 둘러봐도 우라가 보이지 않았다.

흠?

이상하네.

카나는 가끔 우오미나 다른 친구들과 점심을 먹을 때도 있지만, 우라는 뭔가 볼일이 있을 때를 제외하면 반드시라고 해도 좋을 만큼 나와 함께 점심시간을 보낸다.

그럼 뭔가 다른 볼일이 있나?

반 대표가 된 뒤로는 유난히 바빴으니 점심시간에 볼일이 생겨도 전혀 이상하지 않지만……, 우라는 그럴 땐 반드시 사전에 연락을 줬는데.

뭐, 됐다.

일단 연락을 해볼까?

복도에서 당당하게 스마트폰을 꺼내는 건 눈치가 보이니까, 늘 가던 빈 교실에 가서 연락을 해보자.

그렇게 생각하며 걸음을 옮기는데——.

"앗. 모모!"

카나가 빠른 걸음으로 다가왔다.

"여어, 카나. 무슨 일인데 그렇게 급해?"

"큰일 났어……. 지금 우라네 반 여자애가 상담해 달라면서 말한 건데……."

몹시 초조한 모습으로 카나가 말했다.

"우라…… 오늘 학교에 오지 않았대."

방과 후까지 기다려도 우라는 학교에 오지 않았다.

결석.

그에 더해——연락 두절.

원래 교우관계가 좁아서 반에서 연락처를 알고 있는 건 이부스키밖에 없는 상태였던 것 같은데——반 대표로 활약하는 과정에 우라는 반 아이들 대부분과 연락처를 교환하게 됐다고 한다.

그러나.

반 아이들이 아무리 연락해도 아무런 답변이 없다.

읽음 표시조차 뜨지 않는다고 한다.

하지만——내 연락에는 답장이 왔다.

거친 말투에 길이도 짧았지만, 그래도 내 연락만큼은 무시하지 않았다.

『오늘 어떻게 된 거야, 우라?』

『딱히.』

『딱히라니……. 어디 몸이라도 안 좋아?』

『아냐.』

『그럼 왜 결석한 건데?』

『내 마음이잖아.』

『알았어. 그럼 내일은? 내일은 올 거지?』

『안 가. 내일도 모레도, 글피도 안 가.』
『왜……? 그럼 문화제는 어떻게 할 건데?』
『어떻게 되든 상관없어.』
『어떻게 되든 상관없다니…….』
『이젠 다 어떻게 되든 상관없어.』
『너, 반 대표잖아. 모처럼 오늘까지 그렇게나 열심히 활동했으면서?』
『어떻게 되든 상관없어.』

메시지 앱으로 나눈 대화는 이런 느낌이었다.
그 뒤에는 뭐라고 보내도 '어떻게 되든 상관없어'라는 대답이 오기만 할 뿐.
나만이 아니라 카나의 메시지에도 무시는 하지 않고 답장하는 것 같은데, 내용은 거의 비슷했다.
중요한 이야기는 조금도 하지 않고 '어떻게 되든 상관없어'란 말만 반복할 뿐.
"곤란한걸……. 왜 이렇게 된 걸까?"
방과 후——평소에 점심을 먹는 빈 교실에서 난 카나와 이야기를 나누었다.
"우라 녀석, 정말로 어떻게 된 거지?"
"……하루 만에 갑자기 변했으니까 말이야."
"내 말이 그거야. 어제는 평범하게 열성적으로 축제 준비를 했잖아. 방과 후 늦게까지 남아 반 아이들에게 지시도 하고."

곤란한 얼굴로 말하는 카나.
정말로——너무나도 갑작스럽다.
어제까지는 평범했다.
우라답지 않게 문화제에 상당히 의욕을 내고 있었다.
그런데——오늘 갑자기 학교를 빠지고 저런 태도를 보일 줄은 몰랐다.
"분명히 어제 뭔가 있었어."
"그렇지. 어제……, 그것도 아마 방과 후일 거야."
무슨 일이 있었던 것이다.
전부 어떻게 되든 상관없다고 생각할 만한 일이.
같이 생각에 잠겨 있는데, 한 여자애가 빈 교실에 들어왔다.
"저기, 카나오……."
카나네 반 여자애였다.
"미안한데, 잠깐 와줄 수 있을까? 재료랑 당일 역할 분담 때문에 싸움이 나서……."
"엇……. 그래, 알았어. 나중에 갈게."
카나가 그렇게 대답하자, 여자애는 바로 자기 교실로 돌아갔다.
"곤란한걸."
"가봐, 카나."
"모모……."
"반 대표가 없으면 곤란하잖아."
문화제 3일 전.
지금은 모든 반이 준비의 막바지에 들어간 상태다.

이 타이밍에 대표가 자리를 비우면 그 반에는 혼란이 찾아올 것이다.

"하지만 지금은 그럴 때가……."

카나의 표정이 비통함으로 일그러졌다. 무리도 아니다.

단 하루의 결석.

일단은 연락이 되는 데다 어딘가가 아프거나 다치지 않았다는 건 안다.

그렇게까지 걱정할 일이 아닐지도 모른다.

하지만——우리는 떠올릴 수밖에 없었다.

중학생이었던 시절, 학교에 오지 않게 됐던 우라를.

안 좋은 예감으로 가슴이 꽉 막혀오는 것 같았다.

하지만——난 말했다.

"우라 일은 내게 맡겨."

가능한 한 밝은 목소리로, 아무런 근거도 없는 소리를.

"……너희 반은 괜찮고?"

"난 반 대표도 뭐도 아니니까. 게다가 다행인지 불행인지, 우리 반은 대단한 걸 하는 것도 아니거든. 준비도 이미 대충 끝났어."

"그렇구나……. 그럼 미안하지만 고맙게 받아들일게."

카나는 말했다.

"뭔가 알게 되면 바로 말해줘."

"그래. 시시콜콜하게 보고해줄게."

카나는 빈 교실에서 나가 자신의 반으로 향했다.

문화제 준비의 마무리 작업을 하기 위해.

어떤 반이든 이 타이밍에 반 대표가 자리를 비우면 지휘계통에 반드시 문제가 생길 테니까.

물론 우라네 반도 그렇다.

반 대표가 갑자기 무단결석.

그것이 얼마나 큰 혼란을 불러올지.

"……뭐 하고 있는 거야, 우라."

내가 제일 먼저 향한 곳은 우라네 반이었다.

"있지, 이 테이블보 말인데, 너무 작지 않아?"

"그게 맞아. 두 개를 합쳐서 쓰기로 했잖아."

"얼마 전에 쇼핑하러 간 사람 누구였지? 장식 재료가 부족한데."

"재료는 우라노가 관리했을걸? 메시지 앱으로 물어봐."

"몇 번이나 보냈는데 답장이 안 와."

"야, 이 옷 쓰는 거야, 안 쓰는 거야?"

"아직 결정 안 됐어! 우라노가 오늘 방과 후에 다시 이야기하자고 했는데……."

역시, 라고 해야 하나.

반 전체가 상당히 어수선한 분위기였다.

학생 대부분이 남아서 준비 작업에 쫓기고 있다.

우라노네 반은 1학년 중에서도 반 행사에 상당히 기합을 넣어 진행하고 있는 반이니——그렇다면 작업량은 우리 반과 비교도 되지 않을 것이다.

축제 3일 전이면 이런저런 작업에서 최종 결정이 필요한 시기일 텐데.

그런 상황에서 총괄을 맡고 있는 반 대표가 무단결석, 심지어 연락까지 두절된 상태이니 혼란이 발생하는 건 당연하다.

"……그건 마이에게 부탁했으니 그쪽에 물어봐! 아……, 그건 내가 전화해볼 테니까 조금만 기다려! 그쪽 장식은……, 그러니까, 우라노 녀석이 뭐라고 했더라……?"

혼란이 가득한 교실 안에서――이부스키를 발견했다.

주변에는 반 아이들이 모여 이부스키의 지시를 기다리고 있었다.

우라가 없으니 여자 대표인 이부스키 쪽에 부담이 집중된 듯했다.

"……휴."

"이부스키."

대충 지시 전달이 끝나 이부스키가 한숨을 돌리고 있을 때, 난 교실 안으로 들어가 말을 걸었다.

"앗, 모모타……."

"바빠 보이네."

"……우라노 일, 알아?"

"응. 카나에게 들었어."

"그렇구나……. 정말이지, 진짜로 죽을 만큼 바빠."

지친 얼굴로 깊은 한숨을 쉰다.

"우라노가 반 대표로서 이것저것 열심히 생각해줬거든. 그건 정말 기쁘지만……, 그 녀석, 지시를 내리는 건 아직도 영

신통치 않아. 무슨 일만 있으면 '내가 혼자 하는 게 빨라'라면서 일을 끌어안더라고."

그렇게 되리라는 건 왠지 모르게 예상하고 있었다.

조금은 반에 녹아들었다고 했지만, 그건 정말로 '조금'이었을 것이다. 마음을 닫아걸고 있던 녀석이 고작 몇 주 만에 지금까지 대화도 해본 적 없는 아이들과 허물없이 어울릴 수 있다면 아무도 고생하지 않는다.

사람에게 지시를 내릴 때의 커뮤니케이션이 스트레스가 될 정도면 혼자서 하는 게 빠르다.

그렇게 생각할 우라의 사고 회로는 충분히 짐작된다.

"우라가 성가신 부분을 나서서 맡아줄 때도 있었으니까 우리도 꽤 의지해 버렸거든……. 그 반동이……, 지금 엄청나게 와버렸어. 우라노가 없는 것만으로 전체가 단번에 패닉에 빠진 느낌이야……."

"그런 것 같네……."

"……한심하지?"

표정에 그림자를 드리우며 이부스키가 말했다.

"반 대표인 건 나도 마찬가지지만 우라노에게 업혀 가고 있었으니까. 대충 떠올린 아이디어를 내면 우라노가 취사선택해서 현실적인 노선을 찾아주는 게 너무 편했거든……. 그래서……, 우라노가 없으니까 아무것도 못 하겠어."

"그렇지는 않아."

괴로워하는 얼굴을 그저 보고 있을 수 없어 난 말했다.

"지금도 반 애들을 열심히 통솔하고 있었잖아."

"……."

"확실히 우라가 활약했던 것 같지만, 너도 충분히 활약했다고 생각해. 애초에 네가 같이하자고 제안하고 반 아이들과 중계 역할도 맡아 줬으니까……, 그 녀석도 지금까지 열심히 할 수 있었을 테고."

"……응. 고마워."

힘없이 웃는 이부스키.

내 말은 약간의 위안밖에 되지 못한 것 같다.

"……그래서 말인데, 이부스키. 미안하지만 잠깐 시간 좀 내줘. 할 이야기가 있어."

주변에는 들리지 않을 작은 목소리로 말하고 난 이부스키를 교실에서 데리고 나왔다.

지금부터 할 이야기는 반 아이들에겐 아직 들려주고 싶지 않았다.

안 그래도 준비에 쫓기고 있는 상황에서 유일한 반 대표를 데리고 나가는 게 상당히 미안했지만——하지만 지금 이부스키와 대화를 안 할 수는 없었다.

인적이 없는 계단참까지 이동한 뒤 난 말했다.

"실은 우라에게서 연락이 왔어."

이부스키가 눈을 크게 떴다.

"거짓말……. 지, 진짜야?!"

"응. 나와 카나에게만큼은 메시지 앱으로 답장을 줬거든."

"……그 녀석, 뭐라고 해?"

"뭐라고 했다……라고 할 수도 없어. 결석한 이유를 물어봐도 전혀 가르쳐주지 않고, 답장도 그냥 두 손 놓은 느낌이었거든."

"……."

"그래도 갑자기 어디가 아프거나 다친 게 아니란 점은 확실해. 잘 살아 있고, 답장을 할 수 있을 정도의 기운이 있다는 말이야."

밝은 목소리로 말해봤지만, 딱히 밝은 이야기도 아니었다.

아프거나 다친 게 아니고 연락도 된다.

뒤집어 말하자면.

어쩔 수 없는 사정이 아니라 우라가 자신의 의지로 결석했다는 뜻이다.

문화제 3일 전에 자신이 쉬면 어떻게 될지 다 알면서, 그래도 무단으로 학교를 쉬고 반 아이들의 연락에도 대답해주지 않는다.

마치 모든 걸 잘라내기라도 하는 것처럼.

최근 몇 주간 문화제 준비를 하며 남긴 궤적을 전부 없던 일로 하려는 것처럼——.

"그렇구나……."

냉담하게 대답한 뒤, 어딘가 불편하다는 듯이 허공에 둔 시선을 이리저리 돌렸다.

"……저기, 이부스키."

그리고 나는 입을 열었다.

"너——혹시 뭔가 짐작이 가는 게 있어?"

그렇게 질문하자, 가느다란 어깨가 움찔 떨렸다.

“어, 어떻게…….”

“뭔가 확신이 있던 건 아니지만……, 아까 말을 걸었을 때부터 어딘가 부자연스러워 보였거든. 그도 그럴 게 너——전혀 화를 내지 않잖아.”

“——!”

이부스키는 파랗게 질리더니 입술을 깨물었다.

모르는 상태에서 보면——우라는 상당히 말도 안 되는 짓을 저지르는 중이다.

이런 타이밍에 연락도 없는 무단결석.

무책임에도 정도가 있다.

조금 전에 잠깐 봤을 뿐인 반 아이들의 말투와 태도 구석구석에서 우라에 대한 짜증이 배어 나오고 있는 것처럼 보였다.

하지만.

그 여파를 가장 크게 뒤집어쓴 이부스키는 화가 난 기색이 전혀 없었다.

평소의 이부스키라면 ‘그 멍청이는 대체 뭘 하는 거야!’라며 내게 불평을 늘어놨을 것이다.

그런데 오늘 이부스키의 태도와 표정에서는 분노는커녕 짜증조차 보이지 않았다.

조금 더 말하자면——나나 카나에게 물어보러 오지 않은 것도 이상하다. 평소의 이부스키라면 제일 먼저 달려와서 ‘우라노랑 연락이 안 되는데, 너희 아는 거 없어?’라고 말했을 테니까.

하지만 내가 먼저 만나러 올 때까지 이부스키 쪽에서는 아무런 접촉이 없었다.

카나에게 이야기한 것도 이부스키네 반 여자애였지, 이부스키 본인이 아니다.

"단순한 땡땡이가 아니라 몸이 아프거나 다친 게 아닐까 걱정해서 화를 안 내는 상황일 수도 있지만……, 그건 아니지?"

우라에게서 연락이 왔다고 전달했을 때, 이부스키의 얼굴에 떠오른 것은——안심보다는 납득이었다.

"그 녀석이 자신의 의지로 결석했다는 걸 어느 정도 예상한 듯한 반응이었어."

"……."

"이부스키, 뭔가 짐작 가는 게 있으면 가르쳐줘. 우라에게 무슨 일이 있었던 거야?"

가능한 한 부드럽게 말하려고 노력했지만, 아무리 해도 책망하는 듯한 말투가 되어버렸다.

이부스키는 눈을 내리깔고 어깨를 떨더니 당장에라도 울음을 터트릴 것 같은 목소리로 말했다.

"……아, 아마도, 나 때문일 거야."

그리고는 더듬더듬 이야기를 풀어냈다.

어제 방과 후에 벌어진 사건에 대해.

그것은 사건이라고 부르기에 너무나도 사소한 일이었다.

하지만 당사자들에겐 무척이나 중대하고 치명적인 사건이었을 것이다.

어제 방과 후.

학교에 남아서 진행하던 작업도 대강 마무리되었기에 반 아이들 대부분은 이미 집으로 돌아갔다.

교실에 남아 있던 건 나랑 친구인 린, 그리고 마이.

내가 문화제 실행위원에 제출해야 하는 서류 정리 작업을 린이랑 마이가 도와줬다.

사실은 도와준다기보다 혼자 작업하는 내 옆에서 두 사람이 수다를 떨었다는 느낌이지만.

"마이는 문화제에 남자 친구 부를 거야?"

"안 불러, 안 불러. 남자 친구가 있다는 걸 학교 애들에게 들키고 싶지도 않고."

"너, 또 그거구나? 남자 친구가 없는 척하면서 학교 남자애들에게 우쭈쭈 받고 싶은 기간……. 인기 없는 남자애들을 가지고 놀면 재밌어?"

"누가 들으면 오해하겠네. 난 그냥 남자애들의 꿈을 무너뜨리고 싶지 않은 것뿐이라니까? 혹시 학교에 더 괜찮은 남자가 있으면 갈아탈 생각이기도 하고~. 그러니까 속이는 게 아니야. 학교 남자애들에게 기회를 주는 거지."

"말은 참 잘한다니까."

"너야말로 새로 사귄 남자 친구 부를 거야?"

"내가 왜?"

"하긴 그렇겠지~. 그런 아저씨를 어떻게 부르겠어?"

"아, 아저씨 아니야! 아직 스물다섯인걸!"

"네 연상 취향도 정말 생각해볼 일이라니까? 얼마 전의 그 대학생이라면 그래도 허용 범위인데, 직장인이랑 사귀는 건 평범하게 범죄잖아. 상대방 쪽이 범죄자."

"시끄러워. 남의 연애에 참견하지 말아줄래?"

……이 두 사람, 남이 일하는 옆에서 대체 무슨 대화를 하고 있는 거야.

린과 마이.

친한 친구지만……, 연애에 관해서만큼은 영 대화가 되지 않는다. 둘 다 너무 시대를 앞서가고 있어서 전혀 따라갈 수가 없다.

그래서 모모타 때도……, 상담하지 못했단 말이지.

"사키도 그렇게 생각하지? 열 살이나 연상이라니, 말도 안 되지 않아?"

"……뭐?"

마이가 갑자기 내 쪽으로 화살을 돌리는 바람에 바로 대답이 나오지 않았다.

"그, 글쎄……. 뭐, 그럴 수도 있지 않나? 가장 중요한 건 당사자 간의 마음이니까."

"엑~, 그게 뭐야. 사키, 의외로 포용력이 있구나."

마이는 불만스럽게, 린은 아무 말 없이 납득했다는 듯 고개를 끄덕였다.

예전의 나라면.

열 살 차이는 말도 안 된다고 했을지도 모른다.

나 스스로가 그렇게 나이 차이가 많은 사람을 연애 대상으로 생각해본 적이 없으니까.

띠 동갑일 만큼 나이에 차이가 나면 환경과 가치관 등 모든 것이 다를 테고, 그러면 커플이 될 수 없을 거라고 생각했다.

하지만 지금은.

그 두 사람을 알고 있으니까.

모모타와 오리하라 씨 두 사람을 보고 있으면 생각이 바뀔 수밖에 없다.

진지하게 연애하고, 진지하게 서로를 좋아하는 두 사람을 보고 있으면 멋진 커플이라는 생각이 든다.

사랑이 있으면 나이 차이 따위 상관없다――는 것과는 아마도 다르다.

그 둘은 분명 그렇게 생각하지 않을 것이다.

나이 차이와 그에 따라오는 다양한 장애물과 허들……. 그런 문제로부터 눈을 돌리지 않고 똑바로 마주하며 함께 극복하려 한다.

그래서 그 커플은 그렇게나 고귀하고 아름다워 보였다――.

"……좋아, 끝!"

어딘가 개운치 않은 걸 느끼면서도 손만큼은 계속 움직여 서류 작성을 완료했다.

"이제 이걸 우라노랑 같이 내러 가면 오늘 할 일은 끝~."

참고로 우라노는 지금 최종 점검을 위해 메이드복을 대여해 주는 가게와 통화 중이다.

슬슬 돌아올 때가 아닐까 싶은데.

"오, 수고했어~."

적당히 노고를 치하해주는 마이.

“그나저나 사키, 뭔가 정말 열심히 하네. 네가 그런 캐릭터였던가?”

린의 지적에 흠 하고 생각에 잠겼다.

“그러게. 솔직하게 말하자면 나도 내가 이렇게 열심히 할 거라고는 생각 못 했어.”

문화제 반 대표를 하고 싶었던 건 아니다.

모두가 ‘사키 네가 해’라고 하니까 ‘그럼 해볼까~?’라고 생각한 정도다.

적당히 할 만큼만 하면 그걸로 된다고 생각했다.

“하지만——우라노가 예상보다 열심히 일해주고 있잖아. 그래서 나도 그 녀석에게 지지 않게 노력해야겠다는 생각이 들어서.”

저도 모르게 들뜬 목소리가 나와버렸다.

두 사람은 ““그러게 말이야””라며 납득한 듯이 고개를 끄덕였다.

“설마 그 애가 이 정도로까지 반을 잘 이끌 거라고는 생각도 못 했어.”

“지금까지는 존재감이 없다시피 했으니까. 수업 시간 말고는 말하는 모습도 본 적이 없었고. 카나오의 친구라는 건 알았지만.”

“이런 말 하긴 뭐하긴 한데, 난 그 애 이름도 몰랐어.”

“아—, 나도, 나도. 솔직히 성도 제대로 기억하는지 자신 없었다니까.”

"사키가 처음에 지명했을 땐……, 솔직히 신종 왕따인가 했거든."

"우라노가 눈물을 글썽이며 잔뜩 동요했고."

"아니나 다를까, 처음에는 사키의 뒤에 숨어 벌벌 떨기만 했는데……, 지금은 그 녀석의 지시에 맞춰 반이 돌아가고 있으니."

"머리가 좋잖아. 합리적이라고 할까, 머리 회전이 빠르다고 해야 하나. 처음에는 그 녀석 말을 듣는 게 아니꼬웠는데, 이치에 맞는 소리밖에 안 하니까 반론하기보다는 따르는 게 이득이겠구나 싶어."

린도 마이도 우라노에 대한 평가를 입에 담았다.

뭔가 자랑스러운 기분이 들었다.

"후후후. 맞아, 맞아. 그 애는 굉장한 애야. 물론 난 전부터 알고 있었지만."

자기 일처럼 우쭐대는 나.

물론……, 이 정도까지 굉장할 거라고는 생각 못 했지만.

자신에게 맞고 안 맞고를 떠나서 문화제를 성공시키기 위해 최선을 다하고 있는 것처럼 보였다.

기쁜 반면, 약간 의아하기도 하다.

흠—.

우라노는 왜 이렇게까지 열심히 해주는 걸까?

"……흐음, 뭔가 수상한걸?"

마이가 날 빤히 바라보았다.

"응? 수상하다니……?"

"사키 너, 전부터 우라노랑 친했지? 나랑 린이 캠핑을 취소했을 때도 우라노랑 같이 갔던가?"

"그건……, 그 녀석이 카나오랑 친구여서……."

"……그러고 보니."

린이 뭔가를 떠올린 것처럼 말했다.

"올해 여름 방학에 사키가 우라노가 둘이서 여름 축제에 갔다는 소문이 잠깐 돌지 않았나? 너무 말도 안 되는 소리라 바보 같은 소문이라고 생각했는데……."

"저기, 그게 아니라……. 물론……, 여, 여름 축제에는 같이 갔지만."

"뭐?! 그게 뭐야, 확정이잖아!"

"확정이네."

만면에 희색이 가득한 마이와 깊게 고개를 끄덕이는 린.

"자, 잠깐! 아냐, 아니라고! 나랑 우라노는 그런 게 전혀 아니야! 여름 축제도 둘이서만 간 게 아니거든? 동생도 같이 있었어! 동생이 우라노랑 친한데, 동생이 부탁해서 어쩔 수 없이 부른 거야."

"어라―, 벌써 가족끼리도 아는 사이세요?"

"진도가 많이 나가셨네요."

"아니라니까!"

히죽히죽 웃으며 놀리는 두 사람 때문에 난 맹렬하게 창피해졌다.

아~~. 정말 대체 뭐야?!

그런 게 아닌데!

전혀 아닌데!

“그래, 그래. 사키는 그런 남자가 취향이었구나~. 동안이라고 할까, 귀여운 계열이라고 할까.”

“최근에 깨달았는데, 우라노도 잘 보면 귀여운 얼굴이지?”

“맞아, 맞아. 지금까지는 덥수룩한 머리 때문에 눈치 못 챘는데 의외로 반듯한 얼굴이란 말이지. 머리 스타일만 살짝 바꾸면 완전히 다시 태어날 것 같아.”

“……아니라고 했잖아!”

난 말했다.

반사적으로——말해버렸다.

“그런 애, 전혀 내 취향이 아니라고!”

창피한 마음에 아무래도 말이 강하게 나와버렸다.

“전부터 말했잖아! 내 취향은 키가 큰 남자야! 우라노는 완전히 정반대고! 나보다 키가 작은 남자라니 말도 안 돼!”

말했다.

말해버렸다.

“그 녀석은 그냥 친구야. 좋은 애고 굉장한 애란 건 인정하지만……, 연애 대상은 아니지.”

말했다.

말해버렸다.

“그 녀석은, 그러니까 손이 많이 가는 동생 같은 거야. 어쩐지 가만히 둘 수 없으니까 같이 있어주는 것뿐이고——.”

털썩, 하고.

소리가 들렸다.

교실 입구에서, 무언가가 떨어지는 소리였다.
돌아보니 그곳에 있던 것은――.
"우, 우라노……?!"
통화를 마치고 돌아온 우라노가 그곳에 서 있었다.
떨어뜨린 건 종이팩에 든 음료수였던 것 같다. 아직 빨대도 꽂지 않은 종이팩이 발치에 떨어져 있었다.
거짓말…….
설마 지금 한 말――들었나?
대체 어디부터――.
"――읏."
잠깐의 침묵 뒤, 우라노가 뛰쳐나갔다.
도망치듯이 빠르게 그 자리에서 사라졌다.
"……자, 잠깐만, 우라노!"
난 반사적으로 의자에서 일어나 뛰었다.
우라노가 떨어뜨린 음료를 주워 들고 그 녀석을 쫓아갔다.
문화제 준비물 때문에 좁아진 복도를 우라노는 요령 있게 빠져나가 계단을 내려갔다.
기억났다.
저 녀석, 의외로 다리가 빨랐다.
평범하게 쫓아가면 절대 따라잡을 수 없다.
"자, 잠깐. 기다려봐, 우라노!"
멀어지는 등을 향해 필사적으로 불렀다.
"미안, 미안하다니까? 사과할 테니까――."
라고.

그때.
내가 사과를 내뱉은 순간――우라노의 다리가 우뚝 멈췄다.
너무나도 갑자기 멈춰버렸기에 그만 부딪칠 뻔했다.
우리가 멈춰 선 곳은 인적 없는 계단참이었다.
"허억, 허억……."
"――미안, 하다고?"
숨을 고르고 있는데 우라노가 이쪽으로 몸을 돌렸다.
그 눈을 보고――어깨가 움찔 떨리고 말았다.
"뭐가 미안한 건데? 네가 왜 나한테 사과하는데? 이해가 안 돼. 뭔데? 말해봐."
분노.
우라노의 눈에는 격렬한 분노가 있었다.
말투는 어느 때보다도 훨씬 거칠고 가시가 돋아나 있었다.
"어, 어째서냐니……."
"설마 너――내가 상처라도 받았을 거라고 생각해?"
우라노는 말했다.
분노에 떨리는 목소리였다.
"내가, 네게 '취향이 아니다'라거나 '연애 대상이 아니다' 같은 말을 듣고 상처라도 받을 거라고 생각해? 하, 웃기지 마. 내가 그런 일로 상처받을 이유가 없잖아."
"……."
"우쭐대지 마, 자의식 과잉도 아니고. 난 네가 날 좋아하든 말든 진심으로 아무래도 상관없어."
"……그럼 왜 화내는 건데?"

"화내는 거 아니야."
"화내고 있잖아!"
"그래서 지금 말하잖아! 내가 화낸다고 착각하는 네 태도가 마음에 안 든다니까!"
결국――화를 내고는 있는 것 같았다.
거친 말투로 우라노는 이어 말했다.
"빌어먹을……. 이래서 너희 같은 비치는 싫단 말이지. 당사자가 없는 곳에서 멋대로 남자들을 채점하며 놀다니……. 이쪽도 너희같이 엉덩이 가벼운 녀석들은 사절이라고."
"그건……, 잘못했어. 미안해."
"잘 들어. 내가 화가 난 건 너희의 그런 추한 성격에 실망하고 경멸했기 때문이야. 절대……, 절대, 네 발언 때문에 화가 난 게 아니야! 알겠어?!"
"알았다니까……."
격정에 차서 반복해서 말하는 우라노.
"……왜, 야."
하지만 말이 끊긴 뒤, 당장에라도 꺼질 듯한 목소리로 중얼거렸다.
"웃기지 마……. 난, 네 동생이 아니라고……."
"어……?"
어째서?
신경 안 쓰는 거 아니었어?
내 말 따위는 건 전혀 신경 안 쓴다고――.
"아, 안다니까? 아까는 어쩌다 보니 분위기상 나온 말이라고 할까…….”

“……켁. 나왔네, 나왔어. ‘어쩌다 보니’. ‘분위기상’. 하긴 너희 양지의 인간들은 ‘분위기’만으로 움직이는 단세포 동물이니까. 주변에 얼마나 민폐를 끼치든, 남에게 얼마나 상처를 주든 전부 ‘분위기’란 말로 끝내버리겠지.”

“…….”

“젠장……, 키가 큰 남자가 취향은 무슨……. 너, 설마 아직도 모모에게 미련이 있는 건 아니겠지?”

“……뭐? 무슨 소릴 하는 거야?”

난――이해할 수 없었다.

우라노가 무슨 말을 하는지 전혀 이해할 수 없었다.

무엇에 화를 내고 있는지 알아차릴 수가 없었다.

“웃기지 마……. 바보, 이 추녀가……. 뭐냐고, 정말. 빌어먹을……. 그러면 처음부터 나 같은 거한테 상관하지 말란 말이야…….”

“……아악, 진짜! 아까부터 대체 뭐야?!”

난――뚜껑이 열려버렸다.

무슨 생각인지, 무슨 말이 하고 싶은 건지 조금도 이해할 수 없는 우라노의 태도에 짜증이 났고――그를 이해해주지 못하는 자신에게도 짜증이 났다.

그런 짜증이 결국 폭발해버렸다.

“진짜 하나도 이해가 안 돼! 뭘 그렇게 구시렁거리는 거야!”

“아앙?! 누가 언제 구시렁거렸다는 거야!!”

“지금 하고 있잖아! 구시렁구시렁, 꾸물꾸물……. 진짜 남자답지 못하다니까!”
“……이 자식, 그거 성차별이야! 전시대적인 편견으로 남녀를 말하지 마!”
“아~, 시끄러워, 시끄러워!”
난 말했다.
폭언에는 폭언이라는 식으로, 말해버렸다.
“확실히 조금 실례되는 말을 했을지도 모르지만, 그렇게 기분 나빠할 일은 아니지 않아?! 뭐가 그렇게 마음에 안 드는 건데? 설마——.”
깊이 생각하지도 않고 반사적으로 말해버렸다.
격렬하게 후회하게 될 최악의 말을——.

“——너, 나 좋아해?”

딱히——깊은 의미나 의도가 있던 건 아니다.
확신이 있던 것도 아니고 도발하려고 한 것도 아니다.
정말로 폭언에는 폭언으로 받아치려고 한 것이다.
순간적으로 머릿속을 스쳐 간 말을 순간적으로 말했을 뿐.
내가 이런 말을 하면 우라노는 이런 식으로 맞받아치지 않을까 했다.
「아앙?! 웃기지 마, 호박아! 너 같은 무신경하고 막돼먹은 여자를 누가 좋아할 것 같아? 자의식 과잉도 적당히 해!」
늘, 늘 그런 식으로 싸웠으니까.
친해진 건 올해 6월쯤이라 가깝게 지낸 건 고작 3~4개월밖에 안 되지만……, 그런 짧은 기간치고는 놀라울 정도의 빈도로 싸웠던 것 같다.

싸웠다고 할까, 언쟁이라고 할까.

저쪽이 자꾸 시비조로 나오니까 나도 자꾸 감정적으로 대응했다.

최근 한 달간도 문화제 준비를 하며 대체 몇 번 말싸움을 벌였는지 알 수 없다.

하지만 잠깐 다툰 뒤엔 언제나 금방 화해했다.

그것이 우리의 기본적인 모습.

기본.

난 그렇게 생각했다.

그래서——눈앞의 남자가 보여준 반응을 믿을 수 없었다.

"무슨……?!"

우라노는 누가 봐도 당황하고 있었다.

눈을 크게 뜨고 입술을 떨었다.

얼굴이 순식간에 화악 빨갛게 물들었다.

아무런 말도 받아치지 못한 채, 시간이 정지한 듯이 굳어버린 우라노.

표정에 떠오른 건 동요와 혼란……, 그리고 격한 부끄러움.

볼은 새빨갛게 물들었고 촉촉하게 젖은 눈에서는 당장이라도 눈물이 쏟아질 것 같았다.

"어……? 우, 우라, 노……?"

"——윽."

내가 말을 걸자 굳어 있던 우라노는 정신을 차리고 두 팔로 얼굴을 확 가렸다.

"……으, 으으."

팔 사이에서 오열하는 듯한 소리가 새어 나왔다.

"우, 우라노――."

"……윽."

내가 저도 모르게 손을 뻗자――우라노는 그 자리에서 뛰쳐나갔다.

등을 돌리고 쏜살같이 달려갔다.

난――움직이지 못했다.

발이 땅에 못 박히기라도 한 것처럼 한 걸음도 움직이지 못했다.

점점 작아지는 등을 멍하니 바라볼 수밖에 없었다.

머릿속이 엉망으로 뒤엉켜 몹시도 혼란스러웠지만――우라노의 모습이 사라진 뒤에야 불현듯 깨달았다.

저런 얼굴을 보게 된다면 아무리 둔감한 여자여도 눈치챌 터였다.

아, 그렇구나.

우라노는 오늘――화를 낸 게 아니었어.

화도 났겠지만 그 이상으로 상처받았던 거야.

내 무심하고 무책임한 한마디 때문에 깊고 깊은 상처를 입은 거야. 목소리가 계속 떨리고 있었던 건 분노 때문이 아니라 슬프고 분했기 때문이었어.

우라노는 날 좋아했던 거야――.

♥

"……그랬구나."

이부스키의 이야기를 전부 들은 난 깊게 한숨을 뱉었다.

아무래도 생각 이상으로 복잡한 사건이 있었던 것 같다.

복잡하고 질척질척하다.

어떻게 하는 게 좋을지 가늠이 되지 않을 만큼.

"……나 때문이야."

이부스키가 당장이라도 울음을 터뜨릴 것 같은 목소리로 말했다.

"내가……, 우라노에게 심한 말을 해서 그래."

"……네 잘못은 아니잖아. 우라가 듣고 있다는 것도 몰랐으니까."

"하지만 나……, 우라노의 마음을 알아주지 못했잖아. 전혀 몰랐어. 우라노가 날……, 조, 좋아하고 있었다니."

정말로 면목이 없다는 듯이 말하는 이부스키.

"우라노의 마음도 모르고 너무 심한 말을 했어……. 완전 최악이야……. 아무리 말싸움이 됐다지만……, 그런 형태로 우라노의 마음을 알게 되다니."

"……."

확실히――이부스키의 말로 우라는 상당히 큰 상처를 입었을 것이다.

좋아하는 사람이 자신에 대해 '내 취향이 아니다'라고 말하는 현장을 목격하면 누구든 당연히 상처받는다.

그리고.

결정적인 것은 마음을 들킨 방식이다.

——너, 나 좋아해?

분명 우라로서는 전혀 예상 못 한 말이었을 것이다.

그래서 너무나도 놀라고 너무나도 창피한 나머지 동요를 그대로 드러내고 말았다.

그 뻔한 태도 탓에 이부스키에게도 모든 것이 전해지고 말았다.

자신이 이부스키 사키를 좋아한다는 사실이.

아마도 우라에게는——그 부분이 무엇보다도 치욕적이었을 것이다.

예상 못 한 형태로 호감을 들켜버린 것이 우라 같은 녀석에겐 죽고 싶을 만큼 부끄러운 일이었을 테니까.

무단결석하고 싶어지는 마음도 아플 만큼 이해된다.

우라가 상당한 상처를 입었다는 건 확실하다.

하지만——나는 말했다.

"네 탓이 아니야."

상처 입은 건 이부스키 사키 역시 마찬가지이리라.

"알아채주지 못했다고 했는데, 우라가 스스로 호감을 숨기고 있었으니 보통은 모르는 게 당연하지. 우라 녀석은 고백도 안 한 주제에 혼자서 삐쳐 있는 거나 마찬가지고."

"……."

"그보다, 어느 쪽 잘못이라고 할 이야기도 아니잖아. 둘 다 악의가 있었던 것도 아니고, 살짝 운 나쁘게 마음이 엇갈렸을 뿐이야.”

“……응.”

위로해봤지만 이부스키의 표정은 여전히 어두웠다.

“……전혀 눈치 못 챘어. 우라노가 날 좋아하고 있었다니.”

고개를 숙인 채로 툭 말이 흘러나왔다.

“왜냐하면 그 녀석……, 나한테는 늘 묘하게 시비조였단 말이야. 무슨 일만 있으면 시비를 걸고 입도 험하고, 바보니 호박이니 하는 말도 하고.”

“그건……, 좋아하는 애일수록 괴롭히고 싶어 하는 그런 거 아닐까? 심술궂게 구는 것 말고는 호감을 드러낼 방법을 모르는 거지.”

“……그건 초등학생 때 졸업해야 하지 않아?”

“졸업 못 한 거겠지.”

음—.

이번 일, 우라가 걱정되고 동정도 하지만……, 우라에게 잘못이 없는 것도 아니란 말이지.

그보다 태반이 자업자득이라고 할까?

전부 그 녀석의 비뚤어진 인간성 때문에 벌어진 문제라는 생각이 들었다.

“……모모타는 알고 있었어?”

“응?”

“우라노가……, 저기, 날, 좋아한다는 거.”

“……뭐, 왠지 예상은 했어. 우라에게 직접 듣진 않았지만, 어쩌면 그럴지도 모르겠다고.”

"그랬구나……."

더 정확히 말하자면 제일 처음에 눈치 챈 건 카나였지만.

카나 쪽은 상당히 확신하고 있는 듯한 낌새였는데, 난 반신반의했다.

그러나.

지금 이야기를 듣고——확신했다.

우라는 이부스키를 좋아했던 것이리라.

좋아했기에 상대방의 말에 필요 이상으로 상처 입었고, 울컥해서 오기를 부리고, 좋아한다는 사실을 들켜서 수치심을 견디지 못했다.

"혹시, 말이야……."

이부스키는 아픔을 꾹 눌러 참는 목소리로 이어 말했다.

"자의식 과잉일지도 모르지만……. 우라노가 반 대표로서 문화제 준비에 열심히 힘써준 거……, 나를, 위해서였을까?"

"……."

"내가 같이하자고 해서 우라노가 열심히 해준 건가?"

"……그랬을 가능성은 있다고 생각해."

센스 있는 변명거리 하나 떠올리지 못한 나는 진심으로 대답할 수밖에 없었다.

이부스키의 얼굴에서 괴로워하는 빛이 점점 진해졌다.

"나……, 완전히 우라노가 이런 걸 좋아해서 열심히 하는 줄만 알았어. 처음에는 싫어했지만 준비 작업을 하는 사이에 이러니저러니 해도 즐거워 보였으니까……. 그런데 그게 날 위해서였다니……. 나 때문이었다니."

"……."

이런 걸 좋아한다는 말도 틀리지는 않았다고 생각한다.

하다 보니 즐거워졌다는 것도 아마 맞을 테고.

우라는 원래 이런 쪽 이벤트를 싫어하지 않아서, 한번 시작하면 푹 빠져서 하는 타입이었으니까.

하지만――시작은 이부스키에 대한 마음 때문이었다고 생각한다.

마음을 닫고 음지 세계에 완전히 몸을 맡겨버린 그 녀석이 빛의 세계에 한 걸음 내디딜 마음을 먹은 건, 분명 이부스키에 대한 마음 때문이리라.

좋은 모습을 보여주고 싶다.

좋아하는 여자애에게 좋은 모습, 멋진 모습을.

별거 아니다.

흔하다고 하면 그뿐이다.

반에서 고립되어 있던 음지 캐릭터 소년에게 반에서 인기 있는 양지 캐릭터 여자애가 말을 걸어서 반 아이들의 원 안에 들어가게 되었다.

음지 캐릭터 쪽은 조금 다정하게 대한 것만으로, 조금 어울려준 것만으로 상대방을 좋아하게 된다.

다정함에 익숙하지 않은 소년에게 다정함이란 특별한 것이니까.

특별한 사람 외에는 주는 것이 아니기에 자신이 상대방에게 특별한 존재라고 착각한다.

하지만 양지 캐릭터 쪽 여자애 입장에서는――그건 그냥 평범한 일이다.

특별한 이유나 목적 없이, 흑심도 없이 다른 사람을 다정하게 대할 수 있다.

그런 사람으로서의 미덕이——자의식 과잉에 연애 경험이 적은 남자애에겐 때로는 독이 되고 만다.

"우라노가 아마……, 중학생 때도 학교에 오지 않았던 적이 있다고 했지? 카나오랑 다른 여자애와 삼각관계였다고……."

아, 그렇지.

이부스키는 그 이야기도 알고 있었다.

"어떡하지……? 이 일 때문에 우라노가 또 학교에 못 나오게 되면 전부 내 탓이야……."

깊은 후회가 어린 목소리로 속삭인다.

우라를 진심으로 걱정하는 마음이 전해졌다.

다정하다고 생각한다.

이부스키 사키는 기가 세고 불도저같이 밀어붙이는 데다 가끔 배려가 없고, 상당히 심한 말도 태연하게 내뱉지만——사실은 어찌할 수 없을 만큼 다정한 소녀다.

그것은 분명 우라도 알고 있을 것이다.

알고 있기에 그런 다정함에 이끌렸고——그리고 지금 그 다정함 때문에 마음에 상처를 입고 말았다.

"나, 어떻게 해야 돼……?"

"……아무것도 안 해도 되지 않을까?"

자책에 짓눌리는 상태의 이부스키에게 난 말했다.

"네가 할 수 있는 일은 아마 아무것도 없을 테니까."

"……."

"앗, 아냐. 그런 말이 아니야. 미안……. 표현이 안 좋았어. 넌 잘못한 게 하나도 없으니까 굳이 뭘 하려고 들지 말고, 당당하게 있으라는 말을 하고 싶었어."

이부스키의 얼굴이 단번에 울음을 터뜨릴 것처럼 변해서 황급히 위로했다.

"여기서 네가 뭔가를 더 사과해봤자 우라는 오기만 부릴 거야. 애초에 사과할 일도 아니었고. 그러니까 넌——문화제 쪽을 부탁해."

"문화제……?"

"우라가 갑자기 쉬게 된 탓에 반이 혼란에 빠졌잖아? 그쪽을 잘 정리해줘. 이 일로 너까지 상태가 안 좋아져서 반에서 하는 걸 전부 망쳐버리면……, 우라는 나중에 괜히 더 상처 입게 될 거야."

"……."

"우라 쪽은——내가 어떻게든 할게."

나는 그렇게 말했다.

"모모타……."

"오래 알고 지낸 사이고, 내버려 둘 수는 없으니까."

"……응. 고마워."

여기서 간신히 이부스키는 웃는 모습을 보여줬다.

흐릿하지만 약간의 희망이 빛나는 미소를.

"우라노를 잘 부탁해."

"걱정 마. 아……, 그런데 이부스키, 하나만 물어봐도 될까?"

"뭔데?"

나는 말했다.

어쩌면 이걸 묻는 건 반칙일지도 모른다.

문제를 해결하지 않고 답만 먼저 들어버리는 후안무치한 행위인지도 모른다.

하지만 묻지 않을 수 없었다.

우라를, 그리고 이부스키를——소중한 두 친구를 지키기 위해 반드시.

"대답하고 싶지 않으면 답하지 않아도 돼. 하지만 가능하면 가르쳐줘."

그런 식으로 서두를 깐 뒤, 말했다.

"넌……, 우라를 어떻게 생각해?"

"엇……."

"우라는 널 쭉 좋아했던 것 같은데, 네 쪽은……, 어때?"

"……."

이부스키는 처음엔 당황한 표정을 지었다.

잠깐의 침묵 뒤에는 시선을 좌우로 정처 없이 돌린 다음, 조용히 말을 꺼냈다.

"나, 난——."

# 제 4 장 우라시마타로를 방문한 모모타로.

학교에서 이부스키와 헤어진 뒤, 난 서둘러서 우라네 집으로 향했다.
여기서 문제가 되는 건——그 녀석의 집 위치다.
우라네 집은 학교에서 꽤 먼 곳에 있다.
전철을 타고 못 갈 거리는 아니지만, 가까운 역에서 내린 뒤에도 꽤 오래 걸어가야 하는 곳에 있다.
이미 5시가 넘은 시각.
너무 늦은 시간에 방문하는 건 그쪽 집에 미안한 일이다.
참고로 우라 본인은 통근 통학용으로 운영되는 노선버스를 이용하거나 부모님 차를 타고 다닌다. 7대3 비율로 부모님 차를 타는 패턴이 많다.
노선버스를 이용하면 집 근처 버스 정류장까지 갈 수 있지만, 조사해 보니 다음 버스는 한 시간 뒤에나 있었다.
학생인 내게 남겨진 수단은——누군가에게 운전을 부탁하는 수밖에 없다.
집에 돌아가서 가족 중 누군가에게 부탁한다는 방법도 있었지만 내가 선택한 방법은——.
『아하. 오리하라 씨에게 부탁했구나.』
전화기 너머로 카나가 말했다.
난 차 조수석에 앉아 카나에게 연락 중이었다.
그 녀석도 분명 나와 비슷할 만큼 걱정하고 있을 터였다. 시시콜콜하게 보고하겠다고 약속했으니 제대로 보고해야 한다.

『우라네 집에 가려고 해도 이동 수단이 문제겠다 싶었는데……. 그래, 그래. 모모에겐 든든한 여자 친구가 있었지.』

"놀리지 마."

『……가능하면 나도 같이 가고 싶지만, 반에 남은 일 때문에 시간이 조금 더 걸릴 것 같아. 그 뒤에 가려 해도……, 시간이 좀.』

이젠 누나도 없고.

카나가 덧붙였다.

"……아, 그러고 보니 너희 누나는――."

『응, 결혼해서 독립했어. 지금은 다른 현에서 살아.』

그러고 보니――여름 방학에 캠핑하러 갔을 때 잠깐 그런 이야기를 나눴다.

갑작스러운 취소로 인해 운전사와 보호자가 없어진 카나와 친구들의 캠핑.

보호자 후보로 카나네 누나도 거론됐지만――'요즘 바쁜 것 같다'는 이유를 대며 카나는 부탁하지 않았다.

그 이유가――결혼식이었다고 한다.

카나네 누나는 올여름에 결혼해서 독립했다.

『……갑자기 생각났는데, 옛날에는 나랑 모모가 우라네 집에 놀러 갈 때 누나가 데려다주곤 했지. 그립네.』

"카나……."

『응. 뭐, 일단……, 우라 일은 네게 맡길 수밖에 없는 상황 같아. 부탁할게, 모모.』

"……그래."
나는 맡겨 두라고 말했다.
그리고 통화가 끝나서 스마트폰을 주머니에 넣었다.
"끝났어?"
그러자 운전석에 있던 오리하라 씨가 물었다.
"네."
끄덕인 뒤, 난 가볍게 고개를 숙였다.
"……죄송합니다, 오리하라 씨. 퇴근하시자마자 이런 걸 부탁해서요."
"아냐, 전혀 신경 쓰지 마. 대단한 일정도 없었는걸."
"감사합니다."
운전석의 오리하라 씨는 스스럼없는 미소를 보여주었다.
입고 있는 것은 정장.
내가 연락했을 때가 마침 회사에서 집으로 돌아온 타이밍이었다고 하는데, 옷도 갈아입지 않은 채 학교까지 차를 끌고 데리러 와줬다.
정말로 감사하다.
"그건 그렇고……, 어쩐지 큰일인 것 같네. 우라 군……, 괜찮을까?"
"괜찮을……거라 생각하고 싶네요. 직접 만나서 이야기해볼 수밖에 없겠죠. 몇 번 대화가 오간 뒤로는 메시지 앱도 확인하지 않는 것 같으니까요."
카나 쪽도 마찬가지인 상황이라고 했다.
결국 우리에게도 답장을 안 하게 되었다.

조금이나마 연락을 줬던 건——아프거나 다친 게 아니라고 전하기 위해서였는지도 모르겠다.
쓸데없이 걱정을 끼치기가 미안했거나 혹은 성가셨거나.
어느 쪽이든 우리에게 제대로 전하고 싶었던 것이리라.
자신의 의지로 틀어박힌 거라고——.
"참고로 모모타 군……, 이건 어디까지나 내 개인적인 사정이라 미안하지만."
오리하라 씨가 미안하다는 듯이 말했다.
"몇 시쯤 돌아갈 것 같아? 너무 늦어지면……, 내일 일찍 일어나야 해서 조금 어려울 것 같은데……."
"그렇게 늦어지지 않도록 할게요. 너무 오래 있어도 가족분들에게 죄송하니까요."
"응. 미안."
"……아뇨, 오히려 제가 죄송하죠. 정말 죄송합니다. 바쁘실 텐데 제 개인적인 일로 시간을 뺏어버렸네요."
"아냐. 조금 전에도 말했지만 신경 쓰지 않아도 돼. 오히려……, 난 조금 기뻐."
"기쁘다고요?"
"그야……, 처음 아니야? 모모타 군이 이런 식으로——개인적인 일에 날 의지해준 거."
"……."
그럴지도 모른다.
예전의 나였다면——사귀기 시작한 지 얼마 안 됐을 때의 나였다면 이동 수단을 위해 오리하라 씨를 부르는 짓은 절대 못 했을 것이다.

이런 일 때문에 불러내기는 너무 미안하다.

불쾌하게 생각하면 어떡하지?

내 교우관계 문제에 여자 친구를 끌어들이는 건 좋지 않아.

그런 식으로 변명을 늘어놓으며 오리하라 씨를 의지하지는 못했을 것이다.

하지만 이번에는.

정신을 차리고 보니 오리하라 씨에게 의지하고 있었다.

미안하다는 생각은 조금 들었지만 큰 망설임이나 갈등도 없었다.

"뭔가……, 자연스럽게 의지해 버렸네요."

"응. 뭔가 자연스럽게 의지해줬어."

오리하라 씨는 웃고 있었다.

정말로 기쁘게 웃고 있었다.

"차를 가지고 있는 사람이 애인의 개인 사정을 위해 차로 데려다주고 데려오는 거, 커플로서는 정말 평범한 일이라고 생각해."

"……평범한 건 남자 친구가 여자 친구를 데려다주는 패턴이라고 생각하지만요."

"음~. 그건 그렇지만……, 그런 성차별은 시대착오지. 분명 어느 쪽이 차를 끌고 와도 상관없을 거야."

"하핫. 그렇죠."

나도 웃었다.

우라가 힘들어하고 있을 텐데도 그만 웃어버렸다.

좋은 의미로 긴장이 약간 풀렸다. 우라와 이부스키의 일로 굳어버렸던 마음이 부드럽게 풀어지는 것 같았다.

아——.

뭔가 신기한 기분이다.

내게 있어 오리하라 씨는 최고의 애인이고, 그렇기에 열심히 어른인 척 발돋움하며 폼을 잡고 있어야 한다——그런 식으로 생각한 시기도 있었다.

물론 그 마음이 사라진 것은 아니다.

지금도 가능한 한 폼은 잡고 싶다.

하지만——약점을 보여주고 의지하는 걸 창피하다고 생각하지 않게 됐다.

곤란한 일이 생겨서 여자 친구를 의지한다.

그런 선택지를 아무렇지도 않게 고를 수 있게 되었다.

그것이 약점인지 강점인지는 모르겠지만——하지만 분명 잘못되지는 않았을 거라고 생각한다.

오리하라 씨가 기뻐 보이는 데다 나 역시 이렇게 기쁘니까.

"그리고 '개인적인 일'이라는 섭섭한 말은 하지 마."

오리하라 씨가 말했다.

"모모타 군의 친구에게 큰일이 벌어지면 내게도 큰일이 벌어진 거나 마찬가지야. 그다지 이야기해본 적도 없고, 한 번 같이 캠핑하러 갔을 뿐인 사이지만……, 난 우라 군이랑 이부스키 모두 소중한 친구라고 생각하니까."

"오리하라 씨……."

"……물론 저쪽도 날 친구라고 생각해줄지는 알 수 없지만.

이렇게 나이 차이가 큰 아줌마에게 '친구'란 말을 들어봤자 경악스럽기만 할 수도 있고……. 애초에 한 번 같이 캠핑한 것만으로 친구라도 된 양 굴다니, 뭔가 인싸의 공기가 너무 농후해서 나도 약간 가슴이 탁 막히는 것 같다고 할까……."

감동적인 말에 가슴이 찌르르 울렸지만 이어진 말로 인해 전부 무너져버렸다.

이, 이야기 정리가 안 되고 있잖아…….

오리하라 씨의 음지 부분이 배어 나오고 있다. 뭐라고 해야 하나, 오리하라 씨는 밝고 사교적이고 사회에서 멋지게 활약해도……, 근본은 음지란 말이지.

물론 난 그런 사람 성가시게 하는 면을 가진 오리하라 씨를 정말 좋아하지만.

"어, 어쨌든 친구를 구하기 위해 전속력 전진!"

혼자서 좌절하다 혼자 멋대로 다시 일어서는 오리하라 씨.

이런 면은 어른이었다.

"도로에 차가 줄기 시작했으니까 조금 밟을게."

"부탁드립니다. 앗……, 그런데 오리하라 씨."

"왜?"

"조금 전에 '대단한 일정은 없다'고 하셨는데, 소소한 일정은 있으셨던 건가요?"

"아……, 정말로 대단한 건 아니야. 좋아하는 게임의 실황자가 실시간 방송을 한다고 해서 나도 실시간으로 보고 싶다는 정도의 일정이라서……."

"아……."

게임 실황 영상이라.

그러고 보니 내내 무턱대고 싫어했는데, 최근 들어 빠지게 됐다고 했지.

"나중에 봐도 딱히 상관없지만……, 생방송이 아니면 도네이션을 못 보내는 게 조금 슬퍼서……. 아. 도네이션이라고 해도 정말 소액이거든?! 정말로 소액을 보내고 있을 뿐이야!"

"……."

모르는 사이에 상당히 푹 빠져 있는 것 같다.

처음 사귀기 시작한 무렵에는 게임 실황에 관심이 없는 수준이 아니라 반대로 편견이 있을 정도였는데 말이지.

「게임이란 역시 직접 하는 게 가장 재밌다고 생각해. 물론 그런 취미가 있는 사람을 부정하는 건 아니지만, 내겐 안 맞는다고 하나? 아~. 도저히 못 따라가겠네~. 요즘 젊은이들의 문화는 못 따라가겠어~. 내가 어렸을 때는──.」

이런 식으로 어마어마한 기세로 무턱대고 싫어했는데.

그런데 지금은 평범하게 게임 실황 영상을 즐기며 돈까지 보내고 있다.

뭐……, 좋은 방향이든 나쁜 방향이든 사람은 변한다는 뜻이겠지.

우리의 관계는 변화하고 오리하라 씨의 취미도 변화한다.

그렇다.

그러니까──변화를 두려워할 건 없다고 생각한다.

과거에 얽매여 변화를 계속 두려워하는 건 분명 잘못됐다.

우라노의 집에 도착했을 때에는 해가 완전히 저물어 있었다.
"우와……. 크, 크네, 우라 군네 집."
처음으로 우라노의 집을 본 오리하라 씨가 놀라서 외쳤다.
주변에 펼쳐진 것은 밭과 산림.
그런 드넓기만 한 땅에 두둥 하고 위용 있게 군림하고 있는 것이 우라네 집이다.
거대한 2층짜리 단독 주택.
정원이 상당히 넓고 잘 손질된 잔디가 가득 깔려 있다.
지붕이 달린 주차장에는 차가 몇 대나 늘어섰다.
고급 외제 차와 평소에 타고 다니는 용도의 국산 차, 대형 패밀리 카……. 대가족도 아니면서 가족의 인원수보다 많은 차가 있다.
뭐라고 할까……. THE 시골 대저택이란 느낌이다.
"밭이랑 뒷산도 전부 우라네 집 땅이라고 해요."
"……호, 혹시 우라 군네 집, 부자야?"
"그렇죠. 참고로 그 녀석 외동이에요."
"우, 우와……. 이런 식으로 말하기는 조금 그럴지도 모르지만, 뭔가 굉장히 수긍이 가는 것 같아……."
THE 부잣집 외동아들.
바로 우라노 이즈미다.
그런 대화를 하며 우리는 차에서 내려 우라노네 집까지 걸었다.
차는 우라노네 집에서 조금 떨어진 공터에 주차했다.

여기도 우라노네 집이 소유한 땅이라고 하는데, 특별히 쓸 곳이 없어서 방문객용 주차장으로 쓴다고 했다.

……시골 부자란 원래 딱히 쓸 길 없는 땅을 곳곳에 가지고 있는 법이라나.

멋대로 주차하는 건 예의에 맞지 않을지도 모르지만, 사정이 사정이니 어쩔 수 없다. 사후 승낙이 되는 셈인데 거부하진 않겠지, 아마도.

"모모타 군은 여기 자주 놀러 왔어?"

"네. 옛날에는 카나랑 같이 자주 왔어요. 부모님이 차를 태워주셨거든요."

시골 초등학생에겐 흔히 있는 일.

먼 곳에 사는 친구네 집에 놀러 갈 때 부모님이 차를 끌고 데려다주고 데리러 온다.

"모이기로 하면 특별한 이유 없이 우라네 집에서 모였어요. 게임도 장난감도 그 녀석이 제일 많이 가지고 있었고, 그 녀석도 집에 친구들을 부르고 싶어 하는 타입이었으니까요."

게다가.

나랑 카나에겐 집에 친구를 부르기 어려운 사정이 있었다.

우리는 집이 접골원을 하고 있고 엄마가 없다. 무슨 일이라도 생겼을 때 책임을 지기 어렵다며 아빠가 그리 좋아하지 않았다.

카나는 카나 나름대로……, 초등학생 무렵엔 집안이 조금 어수선했다. 부모님이 이혼도 하고 재혼도 하는 등 이런저런 일이 있었다고 한다. 도저히 집에 친구를 부를 수 있는 상황이 아니었다.
"옛날에는 자주 왔지만……, 최근에는 자주 못 왔어요. 게임 같은 것도 각자 자기 집에서 같이할 수 있게 됐으니까요."
"아~, 요즘 게임은 그렇지."
회한이 어린 목소리로 말하는 오리하라 씨.
"게임기가 있는 친구 집에 모이는 문화는 이제 사라져 버렸겠지."
"오리하라 씨도 어렸을 때는 친구 집에 모여 게임을 하곤 했나요?"
"아니. 난 친구가 없어서."
"앗……."
"……어? 아니, 그게 아니라, 아냐, 아니야! 게임을 같이 할 친구가 없었다는 뜻이야! 친구는 있었어! 제대로 있었어! 그러니까 그런 알아들었다는 눈을 할 필요는 없어! 아픈 상처를 보고 말았다는 비통한 얼굴 하지 마!"
"……그렇죠. 죄송합니다. 그렇다는 걸로 해둘게요."
"다, 다정한 눈으로 보지 마아아아! 아냐! 거짓말이 아니라 진짜야! 있지, 모모타 군……. 내가 어렸을 때는 비디오 게임을 하는 여자애들이 지금보다 적었는데, 내 주변에는 한 명도 없었거든……. 그래서 난 혼자서 게임을 할 수밖에 없었을 뿐이지, 절대 친구가 한 명도 없었던 건……."
즐거운 대화를 나누는 사이, 우라노네 집 대문에 도착했다.
호사스러운 대문 앞에 서서 그곳에 설치된 인터폰을 눌렀다.
저쪽에서 대답이 돌아와 잠깐 몇 마디 나누자 바로 현관이

열렸다.

집 안에서 나타난 여성이 종종걸음으로 대문까지 나왔다.

파마한 긴 머리와 온화한 눈매가 특징인 여성.

명품인 듯한 옷을 입고 어깨에는 숄을 걸쳤다.

옷과 얼굴에서 기품과 우아함이 배어 나온다.

얼굴은 실제 나이보다 어려 보이고 키도 상당히 작다.

이런 면은 외동아들과 많이 닮았다.

도저히——50이 가까운 나이로는 보이지 않는다.

"어머나. 모모 군, 오랜만이구나."

'귀부인'이라고 표현하고 싶어지는 온화하고 기품 있는 여성——우라네 어머니는 내 얼굴을 보고 밝게 웃었다.

"오랜만에 인사드리네요, 아주머니."

고개를 숙였다.

우라의 어머니——우라 사에 씨.

옛날부터 이래저래 신세를 진 일이 많다. 우라네 집에 놀러 오면 외국의 고급 과자를 자주 대접해주고, 귀가가 늦어질 때는 집까지 차로 바래다 주시기도 했다.

"정말 오랜만이네. 요즘은 전혀 와주지 않아서 쓸쓸했어. 카나 군도 고등학교에 들어간 뒤로는 부쩍 안 오게 됐으니까."

"오늘은 이렇게 늦은 시간에 연락도 없이 와서 죄송합니다."

"……아냐, 괜찮아."

사에 씨의 미소에 약간의 쓸쓸한 빛이 감돌았다.

"이즈미를 만나러 왔지?"

"네."

"……미안해, 모모 군. 그 아이……, 방에서 나오려 하지 않아. 몇 번이나 말을 걸었지만 대답도 전혀 안 하고."

"……."

"방으로 가져다준 밥을 먹기는 해. 10시랑 3시에 준 간식도 다 먹긴 했지만."

"……."

"어쨌든 기운을 차렸으면 해서 이즈미가 전부터 가지고 싶다고 한 새 노트북도 사 왔는데, 원하던 게 아니었는지 화만 내서……. 아, 모모 군, 괜찮으면 그 노트북 가질래?"

"……괜찮습니다."

아, 여전하구나.

외동아들의 응석을 최선을 다해 들어준다.

사에 씨……. 나쁜 사람은 아니지만, 정말 다정한 사람이지만 좋은 의미로도 나쁜 의미로도 엄청나게 물렁하다.

기본적으로 화도 내지 않고 가지고 싶어 하는 건 거의 다 사준다.

우라를 엄청나게 사랑하고 응석을 받아주는 어머니다.

"정말……, 내 아들이지만 난감하다니까."

사에 씨는 울적하게 한숨을 쉬었다.

"어째서 방에 틀어박혔는지 아무리 이유를 물어봐도 전혀 가르쳐주지 않는데……, '또' 학교에서 안 좋은 일이 있었던 걸까?"

"……."

그녀가 지금 우리의 중학생 시절을 떠올리고 있을 것이다.

카나와 류랑 삼각관계가 되어 다툰 뒤, 우라가 학교에 오지 않았던 시절.

"그래서 모모 군, '또' 우리 애를 구해주러 온 거야?"

"……구해주러 온 건 아니에요."

난 말했다.

"그저——이야기하러 왔을 뿐입니다."

구해준다니, 그런 주제넘은 감정은 아니다.

지금도, 옛날도.

난 그런 훌륭한 사람이 아니고 유능한 사람도 아니다.

그저——내가 싫어서다.

지금 상황을 보고 있자니 어찌할 도리가 없을 만큼 기분이 안 좋아져서 어떻게든 하고 싶은 마음에 발버둥 치고 있을 뿐——중학생 때도 지금도 내가 하는 일은 그대로다.

"그렇구나……. 우후후. 이즈미는 정말 좋은 친구를 뒀어."

사에 씨는 기쁘고 만족스럽다는 듯이 웃었다.

"모모 군이 와줬으니까 이즈미는 이제 괜찮아지겠지. 엄마는 안심했어."

"과대평가세요."

그렇게까지 기대를 받아도 곤란하다.

어떻게든 하고 싶다는 생각에 여기까지 왔지만……, 뭔가 장대한 작전이 있는 것도 아니니까.

"그런데……."

여기서 사에 씨가 내 뒤쪽으로 시선을 던졌다.

"아까부터 궁금했는데……, 저분은 누구니?"

난감한 얼굴로 오리하라 씨를 바라본다.
이크. 큰일 났다.
오리하라 씨를 완전히 잊고 있었어.
당연하다는 듯이 같이 왔는데……, 냉정하게 생각해 보면 오리하라 씨는 차에서 기다리는 게 나았을지도 모르겠다.
"모모 군의 누나니……? 전에 약간 연상인 누나가 하나 있다고 들은 적 있는데."
"아니, 아니에요. 누나가 아니라, 저기……."
"처, 처음 뵙겠습니다."
내 대답이 막혀버리자 오리하라 씨가 고개를 숙였다.
"전 오리하라 히메라고 합니다. 오늘 모모타 군을 차로 데려다주느라……, 그러니까……."
"어머, 당신이 오리하라 씨였구나."
"……네?"
"이즈미에게 들었어. 여름방학에 캠핑 갈 때 인솔을 맡아준 모모타 군의 친척 누나라면서?"
"엇……. 네, 맞아요. 그렇습니다."
상냥하게 웃는 사에 씨에게 강하게 긍정하는 오리하라 씨.
아, 그렇구나.
우라가 내 여자 친구에 대해 부모님께 말하진 않았을 테니 사에 씨가 오리하라 씨를 알 리 없으리라 생각했는데——그 캠핑이 있었어.
부모님 곁을 떠나 1박하는 것이기에 인솔을 맡은 어른이 누구인지 부모님께 전달하는 건 당연한 일이었다.

우라는 오리하라 씨를 내 친척이라고 설명했나 보다.
"그때는 신세를 많이 졌네. 미안해라. 차까지 제공해줬는데 답례도 못 하고."
"아, 아닙니다. 저야말로 즐거운 추억을 만든걸요."
"그 애가 말이야, 여름 방학에 캠핑하러 간다고 얼마나 기대했는지 몰라. 일주일쯤 전부터 가져갈 물건들을 몇 번씩이나 엄선해서 짐을 계속 다시 싸고——."
"——적당히 해, 엄마."
그때.
현관 쪽에서 들려온 짜증에 찬 목소리가 대화에 끼어들었다.
귀에 익은 우라의 목소리였다.
"하여간, 언제까지 문밖에서 수다를 떨고 있을 생각이야?"
중얼중얼 투덜거리며 현관에서 이쪽을 향해 걸어왔다.
티셔츠와 반바지 차림의 편한 스타일.
그렇게 대문까지 와서는 자기 어머니를 노려봤다.
"잡담이 길다고. 쓸데없는 소리 하지 마."
"……이즈미, 좋은 아침이야."
"벌써 밤이잖아."
"하지만……, 오늘은 얼굴을 처음 봤는걸."
사에 씨는 놀란 기색이었다.
아마도 우라가 방에서 나왔다는 사실에 놀란 것이리라.
"흥."
가볍게 콧방귀를 뀐 뒤, 이번엔 우리 쪽으로 시선을 돌렸다.
작게 숨을 들이쉬고나서 난 우라를 똑바로 바라보았다.

"안녕, 우라."
"……모모. 역시 온 거냐."
우라는 복잡해 보이는 얼굴로 말했다.
분한 마음과 짜증이 배어 나오는 표정이었지만 어딘가 납득과 체념의 빛이 감돌았다.
"설마 마중 나와줄 거라고는 생각 못 했어. 널 방에서 나오게 하는 데만도 엄청나게 고생할 거라고 생각했거든."
"……네가 얼마나 끈질긴지 잘 알고 있으니까. 방 밖에서 이러쿵저러쿵 소란 피우는 것도 귀찮으니까 내려와줬지. 내 관대함에 고마워하기나 해."
거만한 말투로 내뱉는 우라의 말에 그만 웃음이 나올 것 같았다.
나도 우라도 아마 같은 기억을 떠올리고 있을 것이다.
중학생 때, 우라가 집에 틀어박혀 있던 시절.
처음에는 내가 와도 얼굴도 내밀지 않고 방 밖으로 나오려 하지 않았다. 매일 출석 도장을 찍고서야 간신히 방에 들여보내 줬던가.
"들어와."
우라는 말했다.
냉랭한 목소리와 눈으로, 하지만 환영하는 말을.
"괜찮을까?"
"돌아가라고 해도 돌아갈 생각 없잖아? 그렇다면 말싸움을 벌여봤자 시간 낭비지. 이야기할 거면 안에서 하는 게 나아."
차갑게 내뱉고 우라는 홀로 빠르게 집 안으로 돌아갔다.

"저기……, 그럼 실례하겠습니다."

"그래, 들어와. 마음껏 실례하렴."

사에 씨가 상냥하게 말하며, 손을 뻗어 현관으로 이어진 길로 안내했다.

"……모모 군, 이즈미를 부탁할게."

그리고는 조금 난감해하는 얼굴로 덧붙였다.

"입으로는 저렇게 말하지만 저 애, 아마 누가 와주기를 기다렸을 거야. 카나 군이나 모모 군이 데리러 오길 말이야."

"……."

"솔직하지 못하고 고집쟁이에 말주변도 없고……. 정말 누굴 닮아서 저럴까?"

"괜찮아요."

난 말했다.

"우라의 그런 부분, 전 싫지 않으니까요."

우리는 2층에 있는 우라의 방으로 안내받았다.

……솔직히 말해서 오리하라 씨에게 동행을 부탁해야 할지 고민했다.

차에서 기다리는 것도 하나의 선택지라고 생각했지만, 사에 씨가 '자, 자. 오리하라 씨도 들어와. 사양하지 말고'라며 반쯤 강제로 우라의 방으로 안내해줬다.

나로서도 혼자서 기다리게 하기는 미안했기에 안내해줘서 다행이라고 생각했지만——그러나.

우라의 방에 들어온 직후, 약간 후회했다.

"허어억?! 우라 군 방, 굉장하다!"

방에 들어온 순간, 오리하라 씨는 소리 치며 눈을 반짝였다.

나로서는 오랜만에 오는 우라의 방은 옛날과 변한 것이 전혀 없었다.

어린아이가 혼자 쓰는 방치고는 조금 넓은 5평 정도의 방.

구석구석까지 깔끔하게 청소되어 먼지 하나 앉지 않았다.

벽에 있는 유리 케이스에는 우라가 엄선하고 엄선한 피규어가 늘어서 있다. 미소녀 피규어 같은 건 거의 없고 로봇이나 특촬물 히어로가 중심이다.

커다란 책장에는 만화와 게임, 애니메이션 블루레이 등이 깔끔하게 정돈되어 꽂혀 있다.

그리고 가장 눈을 끄는 것은——방의 한 구역을 차지하고 있는 게임 공간.

책상 밑에는 커다란 게이밍 PC가 자리를 잡았고, 책상 위에는 여러 대의 모니터가 놓였다.

마이크에 헤드폰, 컨트롤러, 스포츠카 운전석이 연상되는 게이밍 체어……. 이 모든 것이 게임을 마음껏 즐기고 자신의 게임 영상을 세계에 방송하기 위한 설비다.

역시라고 할까, 오리하라 씨의 열렬한 시선은 게임 공간을 향해 있었다.

"코, 코어해……. 코어 게이머의 방이야……. 진정한 의미로 '취미는 게임'인 사람의 방이야……. 머, 멋있어……. 우와아아, 굉장하다아. 부럽다아아……. 이런 사람이 있으니까

나 같은 엔조이파가 '취미는 게임'이라고 쉽게 말할 수 없단 말이지……."

선망과 질투가 뒤섞인 복잡한 심경 같다.

"……딱히 대단한 건 아니에요. 이런 건 유명한 게이머나 스트리머를 적당히 흉내 낸 것뿐이니까요."

쌀쌀맞게 말하는 우라.

하지만 오리하라 씨의 흥분은 멈추지 않았다.

"아냐, 아냐. 굉장해, 우라 군……. 그런데 이만한 장비가 갖춰져 있다는 건, 혹시……, 게, 게임 방송 같은 것도 해?"

"……그냥 가볍게요."

"흐아아……. 괴, 굉장하다. 아직 어린데……. 참고로 무, 무슨 이름으로 방송해……? 어쩌면 아는 사람일지도……."

"모르실걸요? 그렇게 유명하지도 않고……. 일단은 '우라노스'란 이름으로 하고 있는데요……."

"……에에에에에엑?! '우라노스'?! 우라 군이——'우라노스' 님이었어?!"

깜짝 놀라 비명을 지르는 오리하라 씨.

"아, 아세요?"

"당연히 잘 알지. 내가 지금 가장 좋아하는 게임 실황자인데? 오늘 밤에 보고 싶은 생방송이 있다고 한 것도 그 사람이었어!"

물어보는 내게 거친 콧김을 뿜으며 대답했다.

진짜냐.

오리하라 씨, 우라가 스트리밍하는 방송 팬이었어?

"'우라노스' 님은 얼굴도 나오지 않고, 목소리도 보이스 체인저로 변조해서 나이와 성별을 알 수 없는 실황자인데……, 설마 우라 군이었다니 꿈에도 생각 못 했어."

놀라움을 뛰어넘어 전율을 느끼는 표정으로 열변하는 오리하라 씨.

"'우라노스' 님은 말이야, 정말로 굉장해. 탁월한 게임 스킬과 시청자에게 지루함을 주지 않는 가볍고 센스 있는 토킹……. 그리고 무엇보다도 발언 곳곳에서 보이는 게임 제작자에 대한 리스펙트. 가끔 신랄한 독설도 하지만, 그것도 전부 게임 업계에 대한 사랑이 있기에 나오는 독설이라는 게 느껴지거든……."

오리하라 씨가 흥분 때문인지 어마어마한 찬사를 보냈다.

우라는 무표정을 가장하고 있었지만 조금 기뻐 보였다.

"물론……, 발언 구석구석에서 사회 경험이 없고 대인 커뮤니케이션에 약한 면이 보이길래 어쩌면 친구가 얼마 없는 학생이지 않을까 싶긴 했어. 전부 부모님이 사준 기기로 방송하고 있는 게 아닐까 짐작하긴 했는데."

흥분 때문인지 상당히 잔인한 말을 하는 오리하라 씨.

우라는 무표정을 가장하고 있었지만, 조금 눈물을 쏟고 싶은 것 같아 보였다.

"이, 이런 곳에 실물 '우라노스' 님이……. 어, 어떡하지……. 당장 도네이션을 보내야 해! 돈을 던져서 이름을 불러달라고 해야 해!"

"진정하세요, 오리하라 씨!"

지갑에서 만 엔 지폐를 꺼내려 하는 그녀를 황급히 진정시켰다.

오리하라 씨가 정신을 차렸다.

"헉……. 미, 미안……. 감동한 나머지 돈을 던져야 것 같은 충동에 휩싸여버렸어."

……그쪽 문화에 상당히 중독된 모양이다.

괜찮은 건가?

오리하라 씨, 은근슬쩍 돈이 꽤 있어서 무섭단 말이지.

"일단……, 감동은 제쳐 두고 진정하죠. 오늘은……, 진지한 이야기를 하러 왔으니까요."

"……네, 죄송합니다."

오리하라 씨가 고분고분하게 사과했다.

"저기…… 난 역시 아래층에 내려가 있을게. 우라 군의 어머니께서 차를 준비하고 계신 것 같으니 도울까 해서."

그리고는 가시방석에 앉은 것처럼 시선을 이곳저곳으로 돌린 뒤 도망치듯이 방에서 나가버렸다.

음—.

뭔가 미안하네.

내 개인 사정에 시간을 내준 건데 제대로 챙겨주지 못해서 정말로 미안하다. 우라노네 집에서 오리하라 씨가 얼마나 불편할지 생각하지 않고 온 탓에 우왕좌왕하게 만들어버렸다. 반성해야겠어.

어쨌든.

오리하라 씨가 자리를 비워서 방에는 나와 우라 둘뿐.

그것만으로——공기가 조금 무거워졌다.
"일단 앉아."
우라는 쿠션을 꺼내 자리에 앉기를 권했다.
내가 앉자 우라도 침대 쪽에 걸터앉았다.
약간 높은 위치에서 날 내려다보는 자세였다.
예상 이상으로 웃기는 분위기가 돼버렸지만, 여기서부터는 진지하게 이야기해야 한다.
강제로라도 진지한 분위기를 만들어야 한다.
"우라——."
"문화제엔 안 가."
우라가 갑자기 말했다.
기선을 제압하듯이 초장부터 기를 꺾으려는 것처럼 내 말을 잘랐다.
"학교는……, 뭐, 마음이 내키면 가줄게. 나도 언제까지고 틀어박혀 있을 만큼 애가 아니니까. 하지만——문화제에는 갈 생각 없어."
"……어째서?"
"어째서냐고? 계속 말했잖아, 아무래도 상관없다고."
무척이나 냉랭한 목소리로 우라는 이어 말했다.
"문화제 같이 빌어먹을 정도로 시시한 이벤트에 어울려준 건 애초부터 단순한 변덕이었어. 그리고 지금은 내키지 않으니까 그만두는 거고. 그냥 그게 다야. 전부, 전부 단순한 변덕이니까 이런 걸로 심각해지지 마."
"반 대표인 네가 없어지면 다들 곤란하잖아."

"……그런 놈들, 내가 알 바야? 지금은 축제 열기에 들떠서 친구 놀이를 하고 있지만 문화제가 끝나면 원래대로 남처럼 돌아갈 게 뻔하지. 어차피 다들 날 귀찮은 일을 떠넘길 수 있는 편리한 도구 정도로밖에 생각 안 할걸?"

평소처럼――아니, 평소 이상으로 독설이 심한 우라.

난 깊게 한숨을 쉬었다.

"이부스키에게 어제 방과 후 이야기를 들었어."

"……!"

"그 일 때문이지? 오늘 학교를 쉰 것도, 문화제 같은 건 아무래도 상관없다고 말하는 것도."

"그 망할 여자……."

으득 이를 갈고 무릎 위로 주먹을 꽉 쥐었다.

"……착각하지 마. 그런 여자 따위 난 아무래도 좋아."

"우라……."

"1밀리미터도 관심 없고 안중에도 없어. 또 그 여자 이름을 꺼내기만 해. 아무리 너라고 해도 용서 안 할 거야……. 그 입을――."

"우라!"

내가 소리치자 우라는 몸을 움찔 떨며 움츠렸다.

험상궂었던 얼굴이 180도 변해 겁먹은 얼굴이 되었다.

난 그런 우라를 똑바로 노려보듯이 바라보았다.

"언제까지 우기기만 할 거야……?"

"……."

"내 앞에서까지 폼 잡으려고 하지 마. 대체 몇 년을 같이 있었다고 생각해? 어깨에서 힘 빼고 진심을 말해줘…….”

“…….”

그러자 우라는 고개를 숙이고 입을 다물어버렸다.

나도 말없이 다음 말을 기다렸다.

영원처럼 길고 긴 몇 초가 지나자——.

“……으, 으으, 흐으으!”

고개 숙인 우라의 입에서 신음 같은 소리가 흘러나왔다.

꽉 쥔 주먹으로 쿵쿵하고 몇 번이나 침대를 두드렸다.

“빌어먹을……. 젠장…….”

몇 번이나, 몇 번이나 주먹으로 두드렸다.

“정말 뭐야, 빌어먹을——좋아하면 안 되는 거냐고!”

전부 내던진 것처럼 외친 뒤, 우라는 뒤로 쓰러져 침대에 드러누워 버렸다.

내게 보여주고 싶지 않은 거겠지. 두 손으로 얼굴을 가리고 있다.

지금——우라는 인정했다.

좋아한다고.

이부스키를 좋아한다고.

그걸 인정하고 내게 말하는 일이 이 녀석에게 얼마나 용기가 필요한지, 얼마나 마음을 소모하는 일인지 나는 잘 안다.

“안 된다는 말은 안 했잖아.”

“제길, 제길……. 어째서……. 어째서 나란 자식은 늘 이런 식인 거야……! 왜 이렇게 쉽게——사람을 좋아하게 되느냔 말이야……!”

울부짖는 듯한 외침에는 오열이 섞여 있었다.

"알고 있었어……. 그 여자가 나랑 어울려주는 건 그저 다정함과 변덕이라는 걸! 그런 사람들은 누구에게나 쉽게 연락처를 물어보고 보디 터치도 하는데……. 그런 걸 호의라고 착각해서 들뜨는 게 어리석음의 정수라는 것쯤은 알고 있었는데……."

분함과 비참함이 배어 나오는 목소리로 우라는 말했다.

자신의 속내를.

누구에게도 보여주고 싶지 않았던 숨겨둔 마음을.

"어딘가 기대하고 있었어……. 같이 라운원에 가고 여름 축제에 가서……, 저쪽도 나한테 마음이 있는 게 아닐까 하고……. 어딘가 기대하게 돼버렸어."

피를 토하는 듯한 목소리가 이어졌다.

"그 녀석에게 반 대표로 지명됐을 때……, 죽을 만큼 열 받았고 진심으로 짜증 났지만……, 실은 조금 기뻤어. 그 녀석이 같이 열심히 하자고 말해준 게 기뻤다고. 그래서……, 열심히 해야겠다는 생각이 들었고, 열심히 하면……, 뭔가 있지 않을까 생각했지. 그런 흑심이 있었어."

하지만, 하고 우라는 이어 말했다.

목소리의 깃든 비통함이 점점 진해져서 당장에라도 꺼져버릴 것 같았다.

"그 녀석은……, 나한테 아무 생각도 없었던 거야……!"

"……."

흔한 이야기라고 하면 흔한 이야기다.

밝고 사교적인 여자아이가 친구가 적은 남자아이에게도 친근하게 말을 걸고, 연락처를 교환해 친구가 되었다.

남자아이는 그것을 특별한 무언가라 생각했지만——여자아이에게 그것은 특별함 따윈 없는 극히 평범한 일.

말로 옮긴다면 그게 다다.

일본 어디에나 있을 법한 양지 캐릭터와 음지 캐릭터의 사랑 이야기.

하지만.

아무리 흔하디흔한 이야기라 해도——당사자에게는 인생을 좌우할 만큼 큰일이다.

"촌스러워, 한심해, 꼴사나워……. 끔찍할 정도로 내가 싫어……. 그 여자도 열 받지만……, 그 이상으로 내게 화가 나."

몸을 찢어발기는 듯한 자학의 말이 튀어나왔다.

"늘 이런 식이야……. 누가 조금만 다정하게 대하면 바로 착각해 바보처럼 들떠서는 혼자 앞서가다가……, 그리고 절망하지. 중학생 때랑 전혀 달라지지 않았어……."

중학생 시절에도 우라는 한 번의 실연을 경험했다.

지금과 상황은 조금 다르지만 사랑에 빠진 자신의 마음에 휘둘려 깊은 상처를 입었다.

"어째서……, 이렇게 돼버리는 거야……. 그때랑……, 똑같잖아. 나 하나만 상처 입고 끝나면 되는데 상대방까지 끌어들여서 상처 입히고……. 한심해. 비참해. 비참한 데도 정도가 있지……."

역시나 싶었다.

우라는 딱히――이부스키에 대한 분노는 없는 것 같다.

'그럴 마음이 없으면 음지 캐릭터에게 다정하게 대하지 말란 말이야' 같은 적반하장격인 감정을 품고 있지는 않았다.

물론 전혀 없는 건 아니겠지만――그 이상으로 죄악감을 품고 있다.

자신이 호의를 품고, 그리고 그 호의를 전함으로써 상대방에게 괜한 상처를 주게 된 것을 후회하고 있다.

호의는 때때로 받는 쪽에 상처를 준다.

다정한 사람일수록 호의에 부응할 수 없는 것을 미안하게 생각한다.

중학생 때도 그랬다.

그 사건으로 우라는 모든 것에 염증을 느끼고 방에 틀어박혔다.

실연으로 우라 자신이 상처받고――그리고 그 이상으로 류를 상처 입히고 말았다는 사실에 상처 입었다.

류는 우라의 마음을 알게 됨으로써 상처 입었고, 류가 그런 감정을 느끼게 해버린 것에 우라는 다시 상처 입었다.

답이 없는 최악의 악순환이었다――.

"그 여자도……, 지금쯤 귀찮아하고 있을 게 뻔해. 극히 평범하게 대했을 뿐인 음지 캐릭터가 멋대로 자기에게 반했으니까. 최고로 귀찮은 상황이겠지. 나 같은 거랑은 이제 얼굴도 마주하고 싶지 않을 거야. 어쩌면 지금쯤 웃으며 이야기하고 있는 거 아냐? 음울한 놈이 자기를 좋아해서 징그럽다고 친구들에게 불평하거나――."

"——멋대로 단정 짓지 마."
난 말했다.
계속 묵묵히 듣고 있었지만, 이것만큼은 반론하지 않을 수 없었다.
"이부스키의 마음을 네가 멋대로 단정하지 마."
"……뭐?"
우라는 윗몸을 일으켜 눈물을 훔친 자국이 남은 눈으로 날 노려보았다.
나는 분노와 불안으로 떨리는 눈을 정면에서 똑같이 마주 노려보았다.
"네가 상처받았다는 것도 알겠고, 괴롭고 힘든 것도 알겠어. 하지만……, 이부스키의 마음을 멋대로 상상해서 단정 짓고 필요 이상으로 괴로워할 필요는 없잖아."
"……켁. 마치 다 아는 것처럼 말하네."
우라가 비아냥거리는 것처럼 입가를 일그러뜨리며 도발하듯이 말했다.
"우쭐거리지 마. 하아, 넌 참 좋겠다. 좋아하는 여자랑 마음이 통해서 사귀고 있으니까. 고작 1~2년 전까지는 나랑 '평생 동정 동맹' 같은 걸 맺고 서로를 위로했는데 지금은 여자 친구가 있는 리얼충님이시니……."
도발 같던 옅은 웃음은 점점 분노와 억울함으로 일그러져 갔다.
"……모모는 몰라. 넌……, 너처럼 마음가짐이 곧고 순수한 녀석은……, 나 같이 근성이 썩은 녀석의 마음 따위 절대 이해 못 해!"

"그래, 이해 못 해."

난 말했다.

확실하게 말했다.

"이해 못 해. 난 네 마음 같은 건 몰라. 네 마음을 알 수 있는 건 너뿐이야. 물론——이부스키의 마음도 그래. 그 녀석의 마음을 넌 몰라."

"……."

"자기 마음은 자기밖에 모르는 거야. 그러니까——말로 하지 않으면 상대방에겐 아무것도 전해지지 않아."

떠오른다.

오리하라 씨와 사귀기 전——우라와 카나에게 연애 상담을 하던 무렵.

카나는 말했다.

왕자님들은 다들 자발적으로 나서서 행동한다고.

부자에 꽃미남 왕자님이라고 해도 자기 쪽에서 움직이지 않으면 공주님을 얻을 수 없다.

마음을 말로 표현하지 않으면 아무것도 시작되지 않는다.

"……뭐냐, 그거."

우라의 표정에 짜증이 배어 나왔다.

"결국 고백하라는 소리야? 잘 안 돼도 괜찮으니 깨지고 오라고? 웃기지 마. 그런 뻔하고 겉만 번지르르한 말은——."

"아니. 고백하라는 말이 아니야."

상대편의 말을 끊어내듯이 난 말했다.

"고백할지 안 할지는 네가 정할 일이지. 난 부추길 생각 없어. 내가 말하는 건 그저……, 마음을 전하기 전부터 혼자 전부 단정 짓고 삐쳐 있지 말라는 것뿐이야."

"……윽."

앳된 얼굴에 수치심을 닮은 고뇌가 떠올랐다.

사실은.

사실 나는――이미 답을 알고 있다.

오늘 방과 후.

이부스키에게서 직접 들어버렸다.

그 애가 우라의 호의를 깨닫고 어떻게 생각했는지.

우라노 이즈미라는 소년을 어떻게 생각하고 있는지――.

하지만.

그것을 말해줄 수는 없다.

부탁받지도 않았는데 중간 과정을 뛰어넘고 해답만 가르쳐주는 건……, 뭐랄까, 너무 의리 없고 예의도 아닌 것 같다는 생각이 들었다.

이것은 우라가 스스로 결단하고 극복해야만 하는 일이다.

"아까 말이야……, 날 보고 순수하다고 했지?"

"……."

"넌 그렇게 생각할지도 모르지만……, 하지만 내 입장에서 보면 네 쪽이 훨씬 순수하다고 생각해."

"내, 가……?"

"그래, 순수해. 넌 내가 알고 있는 사람 중 누구보다도 순수해. 정말 순수하고 섬세해서……, 그래서 겁이 많지."

"……."

"옛날부터 그랬어. 넌 네가 상처받는 걸, 그리고 누군가를 상처 주는 걸……, 몹시 무서워해."

겁이 많고 무서워한다.

타고난 기질인지――아니면 중학생 시절의 일 때문인지.

혹은 둘 다인지.

"이번에도 결국 상대 쪽이 더 상처 입는 게 싫어서……, 그래서 전부 던져버리고 싶어진 거지? 하지만 조금만 더 둔감해져도 괜찮지 않을까?"

"둔감……?"

"넌 자신의 아픔에도 타인의 아픔에도 너무 민감해. 좋게 말하면 섬세하고, 나쁘게 말하면 행동하지 않으면서 말만 많은 자의식 과잉에 커뮤니케이션 장애가 있는 데다 인간 불신까지 꼬여서……."

"안 좋은 쪽의 예시가 너무 많잖아."

"아, 미안. 나도 모르게 그만."

"그만이라는 건 뭐야, 그만이라는 건……."

눈물이 글썽이는 눈으로 노려본다.

헛기침하고 원래 이야기로 돌아왔다.

"어쨌든――조금 더 둔감해져도 상관없다는 뜻이야. 네 고통에도 남의 고통에도."

"……."

"걱정하지 않아도……, 네가 좋아하게 된 것 정도로 저쪽은 크게 난감하지 않을 거야. 가령 난감하게 만들었어도 네가 그렇게까지 죄악감을 느낄 필요는 없어. 좋아하게 된 것 정도로 '상처를 줬을지도 모른다'라고 겁을 먹으면 누구도 사랑 같은 건 못 해."

"……."

"자기 일에서도 그래. 넌 사랑에 빠져 구질구질해진 자신이 비참하고 또 비참해서 참을 수 없겠지만——신경 쓰지 마. 사람은 누구나 최고로 볼품없어지기 마련이니까……."

진심으로 누군가를 좋아하게 되면 말이야.

나는 그렇게 말했다.

그렇다.

그런 것이다.

사람은——사랑을 하면 더할 나위 없을 만큼 한심해진다.

멋대로 상상을 부풀리면서 멋대로 불안해지고, 꿍얼꿍얼 구질구질하게 굴며 폭주한다.

모든 것이 1인극, 원맨쇼.

옆에서 보면 웃기기만 할 것이다.

"아무리 꼴사나워도 창피해할 것 없어. 모두가 다 그러니까. 정말로 누군가를 진심으로 좋아하게 되면 누구나 최악으로 꼴사나워지고——그리고 그건 최고로 멋있는 일이야."

아아——.

지금이라면 말할 수 있다.

자신의 사랑에 좀 먹히고 자승자박이란 가시에 고통받는 우라에게 확실하게 다가가 말을 전할 수 있다.

중학생 때는 아무런 말도 하지 못했다.

아직 사랑을 알지 못하던 나는 우라에게 아무런 말도 해줄 수 없었다. 알맹이가 텅 비어 있는 말로 흔하디흔한 위로를 할 수밖에 없었다. 진정한 의미로 고민과 갈등을 공유할 수 없었다.

하지만 지금이라면 가능하다.

정말로 좋아하는 사람이 생긴 지금이라면――.

"……흥."

잠시 침묵하던 우라는 이윽고 건방진 표정을 지으며 콧방귀를 뀌었다.

"확실히 그렇네. 너도 오리하라랑 사귀기 전에 구질구질하게 굴 때는 최고로 한심했으니까. 한 번 차였을 때 좌절한 모습은 정말이지 최고로 꼴사나웠어."

"……시끄러워."

"하지만――맞아."

우라는 말했다.

어딘가 상쾌한 표정을 지으며.

"다들 이런 걸지도 모르겠네."

"……그래."

누구든 볼품없어진다.

누구든 꼴사나워진다.

사랑을 하면.

진심으로 사랑에 빠져버리면.

"자――그럼 슬슬 집에 갈까."

난 방석에서 일어났다.

"엇……. 버, 벌써 가려고?"
"그래. 오리하라 씨도 기다리고 있어서 그렇게 오래는 못 있어."
하고 싶던 이야기도 대충 했고.
그렇게 덧붙이자 우라는 의아한 표정을 지었다.
"너……, 고백을 종용하러 온 거 아니었어?"
"아까도 말했지만 그건 네가 정할 일이야. 난 종용하지도 않을 거고 막지도 않을 거야."
"……."
"물론 협력해달라고 하면 온 힘을 다해 협력할게. 넌 내 고백도 도와줬으니까."
"……학교에 나오라고는 안 해?"
"음……. 물론 학교에 와주면 좋겠지만 강요할 생각은 없어. 아까 네가 이러다가 갈 거라고 했잖아. 그렇다면 그걸로 됐어."
"……."
"아, 맞다. 깜빡했네. 이부스키가 일단은 '원인불명의 고열로 쓰러져서 스마트폰도 못 보는 상태'라고 변명해 뒀다니까, 만약 학교에 갈 생각이면 그렇게 말을 맞추는 게 좋을 거야."
"……."
"마음이 내키지 않으면 한동안 원하는 만큼 쉬어. 문화제 쪽은 네가 오지 않으면 너희 반은 난리가 나겠지만……, 뭐 우리 반도 아니고."
태연하게 말했다.

가볍게 농담하는 듯한 말투로.
우라는 순간 눈을 크게 뜨더니 뿜듯이 웃었다.
"푸핫……. 그게 뭐야."
"어차피 남 일이란 거지. 너희 반이 어떻게 되든 나랑은 상관없어. 너는 이 일로 반에서 고립될지도 모르지만……, 딱히 상관없잖아? 왜냐하면 넌 원래 고립되어 있었으니까."
"……하하핫. 하긴 그렇지. 내겐 잃을 게 전혀 없어."
"반에서 고립되면 또 나랑 카나와 같이 매일 점심을 먹으면 돼. 그냥 그게 다야."
"하여간……, 모모는 이해할 수가 없다니까. 고백을 종용하지도 않고, 문화제에 오라고도 하지 않고. 대체 뭘 하러 온 거야?"
"처음에 말했잖아. 난 이야기하러 왔어."
나는 그렇게 말했다.
명령하러 온 게 아니다.
무언가를 부탁하러 온 것도 아니다.
그저, 그저 이야기하러 왔다.
이야기를 듣고 이야기하고——소중한 친구와 소통하러 왔을 뿐.
"진지한 이야기를 하러 왔다고 하지 않았던가?"
"그래, 그랬지. 진지한 이야기를 하러 왔어."
진지하고 진지한——사랑 이야기 말이야.
라고.
그런 대답을 했다.

아무리 그래도 너무 폼을 잡았나 싶어서 말한 뒤에 창피해졌다.

모모와 오리하라가 돌아간 뒤, 난 침대 위에서 잠시 드러누워 있었다.

천장을 바라보며 혼자 생각에 잠겼다.

머릿속에서 이런저런 사람들의 이런저런 말이 빙글빙글 맴돌았다.

"……사랑에 빠지면 최고로 꼴사나워진다라……."

혼자서 허공을 향해 중얼거렸다.

"그러고 보니……, 그 녀석도 비슷한 말을 했지."

여름방학에 캠핑하러 갔을 때 일이다.

중학생 시절의 삼각관계에 대해 카나와 말다툼을 했고, 난 그 자리에서 도망쳤다.

도망치는 도중에 강에 빠져 산장 욕실에서 옷을 갈아입고 있는데 그 여자가 노크도 하지 않고 느닷없이 문을 열어 내 알몸을——.

아니.

거기까지 자세하게 떠올릴 필요는 없잖아.

어쨌든 도망친 날 쫓아온 그 녀석과 이런저런 이야기를 나눴다.

그때 그 녀석이 말했다.

——어쩌면 다들 그런 게 아닐까 하고.

——아이러니하지. 좋아하는 사람이 생겨서 그 사람에게 사랑받고 싶어 열심히 멋있는 척을 하면 할수록……, 점점 더 꼴사나워지니까.

——하지만, 이건 뒤집어 말하면——그만큼 진지하다는 뜻인가?

——상대방에 대해 진지하게 생각하니까……, 뭐가 뭔지 모르게 되는 거야. 내가 이렇게나 한심한 녀석이었나? 하고 자기혐오에 빠져버릴 만큼.

중학생 시절의 실연을 질질 끌면서 아무리 지나도 털어내지 못해 비참하고 꼴사나워 이도 저도 못 하는 나를——그 녀석은 비웃지 않았다.

그러기는커녕 긍정해줬다.

촌스럽고 한심한 나를 그만큼 진지했던 것이라고 인정해주었다.

그래, 그랬어.

난 아마 그때부터 그 녀석을——.

"이즈미, 들어갈게."

달칵 방문이 열렸다.

엄마였다.

"……노크 정도는 해."

"했어. 못 들었니?"

안 들렸다.
그만큼 혼자 생각에 빠져버렸나 보다.
"모모 군이랑 오리하라 씨는 돌아갔어."
"응……. 창문으로 봤어."
"밥도 잔뜩 먹여서 보냈단다. 앗. 네 몫도 챙겨뒀으니 먹고 싶어지면 언제든지 내려오렴."
"……."
내 방에서 나간 뒤, 모모는 오리하라랑 같이 1층에서 엄마가 해준 저녁을 먹었나 보다.
'차 준비를 돕겠다'라면서 내려간 오리하라가 아무리 기다려도 돌아오지 않은 건 엄마가 저녁 준비를 도와달라고 했기 때문이라고 한다.
……뭐랄까.
엄마의 이런 쓸데없는 참견이 괜히 싫단 말이지.
"모모 군……, 한동안 못 본 사이에 훌쩍 남자다워졌더라."
석연치 않은 감정에 휩싸인 내게 엄마가 혼잣말처럼 말했다.
"혹시 벌써 여자 친구가 있나?"
"……글쎄."
적당히 얼버무렸다.
말할 수 있을 리 없다.
같이 있던 27세 친척이 모모가 사랑하는 여자 친구라는 건.
"여자 친구가 있다면……, 어쩐지 살짝 충격이야. 엄마는 모모 군이 꽤 취향이거든. 얼굴은 카나 군 쪽이 멋있지만, 압도적으로 멋있지만, 마음에 드는 건 모모 군 쪽이야."

"남의 친구를 이상한 눈으로 보지 마."

그리고 '얼굴은 카나 쪽이 좋다'라는 어필을 몇 번이고 반복하지 말란 말이야.

모모가 불쌍하잖아.

"친구……. 후후, 그렇지. 네 소중하고 소중한 친구……."

"……."

"얼마 없긴 하지만 이즈미는 친구 복이 있네."

"……시끄러워."

내뱉듯이 말하자 엄마가 쿡쿡 웃었다.

"앗. 그러고 보니 이즈미, 게임 방송 준비는 안 해도 돼? 오늘 8시쯤부터 생방송을 할 예정이지 않았어?"

"……그걸 어떻게 알아?"

"아들의 트위터 정도는 확인하고 있답니다, '우라노스' 군."

"프라이버시 침해니까 그만둬."

"부모님 돈으로 수십만 엔이나 하는 기자재를 사서 방송을 하는 아이에게 프라이버시 같은 건 없답니다."

"칫."

난 침대에서 일어섰다.

게이밍 체어에 걸터앉아 스마트폰을 들었다.

"방송은……, 중지야."

할 일이 생겼으니까.

그렇게 말했다.

♥

그날 밤——.

자기 직전쯤인 시간에 이부스키에게서 전화가 걸려 왔다.

『들어봐, 들어봐. 우라노에게서 연락이 왔어!』

안도와 환희가 배어 나오는 들뜬 목소리였다.

이야기에 따르면——이부스키 개인이 아닌, 반 전원 그룹 채팅방에 우라의 메시지가 올라왔다고 한다.

원인불명의 고열로 학교를 빠진 것에 대한 사죄.

그리고——문화제 준비에 관한 이런저런 파일을 보냈다고 했다.

우라 자신이 끌어안고 있던 사항은 물론이거니와, 반 아이들의 역할 분담 등에 대해서도 상세한 지시가 있었다고 한다.

『우라노……, 내 거짓말에 맞춰줬구나. 원인불명의 고열이라고…….』

“단순한 땡땡이보다는 훨씬 인상이 좋을 테니까.”

반 아이들에게까지 진실을 알릴 필요는 없으리라.

사실을 밝히면 우라는 물론이거니와 이부스키에게도 괜한 폐를 끼치게 된다.

진실 따위는 일부 사람만 알고 있으면 된다.

『네 덕분이야. 오늘 우라노네 집에 가줬지? 정말 고마워.』

“난 아무것도 안 했어. 가볍게 잡담하고 왔을 뿐이야.”

『……응. 그래도 고마워. 덕분에 살았어…….』

이부스키는 계속해서 사과했다. 그런데 그 목소리가 점점 가라앉았다.

『우라노가 연락을 줘서 기쁘고 지시도 정말 적확해서 살았지만……, 이거——내일이랑 모레, 문화제 당일 몫까지 있어.』

"……."

내일이랑 모레, 그리고 당일 몫의 상세한 지시 사항.

그것이 의미하는 건——.

『우라노……, 문화제에는 안 올 생각인 걸까?』

불안으로 떨리는 목소리에 말뿐인 위안을 돌려줄 수밖에 없었다.

"그 녀석을……, 믿을 수밖에 없어."

『……그러게. 믿고 기다릴 수밖에 없지.』

통화가 끝났다.

난 하늘을 올려다보며 깊은 한숨을 내쉬었다.

할 수 있는 일은 했다——이런 자기만족에 잠겨들 생각은 없다.

모르겠다.

내가 무엇을 해야 하는지, 혹은 아무것도 해선 안 되는지.

이 문제에 어디까지 참견해도 좋을지 계속, 계속 망설이고 있다.

어떻게든 해주고 싶지만 때로는 믿고 기다리는 것도 중요하다고 생각한다.

난——어떻게 하는 게 좋을까?

우라를 위해 내가 지금부터 해야 하는 건——.

# 제 5 장 축제가 시작됩니다.

각자가 저마다의 마음을 품은 채, 눈 깜짝할 사이에 며칠이 지나——.

우리의 고등학교 첫 문화제는 축제 당일을 맞이했다.

결론부터 먼저 말하자면——우라는 문화제에 왔다.

3일 전에 결석한 이후 이틀을 연속으로 쉬었지만, 당일만큼은 와줬다.

뭐……, 보다 정확하게 말하면 왔다고 해야 하나.

나랑 같이 등교했다.

"아, 알고 있겠지, 모모? 날 제대로 반에 녹아들게 만들어야 해! 오랜만에 하는 등교로 쏟아질 멸시 어린 눈길로부터 날 지키고, 어떻게든 해줘!"

"……알았어, 알았어."

학교 복도——.

우라는 겁먹은 모습으로 계속 내 뒤를 따라왔다.

약속한 대로 학교 근처 편의점에서 만난 뒤부터 쭉 이런 상태다.

오늘 아침, 등교하기 전에 우라에게서 연락이 왔다.

내용도 길고 고압적인 말투였지만, 의역하자면 '혼자 가기엔 무서우니까 같이 가줘'라고 해석할 수 있는 글귀였다.

이런 식으로 부탁받으면 거절을 못 한다.

하지만……, 뭐라고 해야 하나.

와준 건 기쁘지만 말이지이.
나로서는 역시……, 환영해주는 쪽을 맡고 싶었다는 마음이 있다.
우라네 반에서 뭔가 위기 상황이 발생해서 반 아이들이 '젠장. 이럴 때 그 녀석이 있었다면……' 하고 생각할 때 때맞춰 우라가 등장하는 식으로.
그런 감동적인 전개를 꿈꾸는 구석이 있었다.
그런데 설마……, 같이 등교해달라고 요구받을 줄이야.
뭐, 우라답다고 하면 우라답지만.
"……뭐야, 뭔가 하고 싶은 말이 있다는 얼굴인데."
"딱히."
"흥. 고마워하라고. 이런 빌어먹게 한심한 이벤트 따위에 와줄 생각은 없었지만……, 너랑 엄마가 시끄럽게 구니까 어쩔 수 없이 와준 거야."
"그래, 알아."
난 말했다.
"와줘서 고맙다, 우라."
"……켁, 시끄러워. 시끄러워시끄러워."
부끄러운 걸 감추려는지 주먹으로 등을 가볍게 친다.
그대로 같이 계단을 올라가 우리 반으로 향했다.
문화제 당일 아침.
1학년 층이 화려한 장식으로 가득 차 있었다.
모든 교실이 각 반에서 준비한 것에 맞춘 장식을 달았다.
외부인은 아직 오지 않았지만, 이미 많은 학생이 등교한 상태였다. 다들 축제 분위기에 들떴는지 어딘가 수선스러운 모습이었다.

난 우리 반에 가볍게 얼굴을 비친 뒤, 우라를 데리고 건너편 반으로 향했다.

"……으으, 어, 어떡하지? 반 애들 모두 나한테 화가 나서 살의를 드러내기라도 하면 어떡해?"

"걱정하지 마. 아마 괜찮을 거야."

"모모오~. 여차할 때는 전부 네 명령이었다고 해도 돼?"

"하하하. 웃기지 마."

우라의 반이 준비하고 있는 것은――'메이드 카페'다.

1학년치고는 상당히 힘을 줬는지, 교실 입구에는 애니메이션풍 메이드가 그려진 등신대 POP가 놓여 있었다.

메이드 옆으로 교실 안쪽을 들여다보았다.

어떻게 말을 붙일지 고민하고 있는데,

"앗……. 우라노!"

내 뒤에 있는 우라를 알아본 여자애가 목소리를 높였다.

그것을 시작으로 교실 안에 있던 수많은 반 아이가 우라의 존재를 깨달았다.

"거짓말. 우라노가 왔어?"

"진짜? 우와, 진짜네!"

"와아~, 우라노다. 오랜만이야!"

교실 내에 있던 여러 학생이 달려 나와 우라를 에워쌌다.

"우라노, 이젠 괜찮은 거야?"

"원인불명의 고열이라고 했던가? 힘들었겠다~."

"이쪽은 완벽하게 준비를 마쳤으니까 안심하라고."
"맞아, 맞아. 네가 보내준 지시도 굉장히 도움이 됐어."
모두 하나같이 다정하고 밝은 목소리로 우라노를 대했다.
아무래도 예상했던 것 이상으로 우라는 반에 잘 녹아들었고, 사랑받고 있는 듯했다.
원인불명의 고열이라는 아부스키의 거짓말도 어떻게든 들키지 않은 모양이다.
따뜻하게 환영해주는 반 아이들에게 우라노는 주춤거리면서도 어떻게든 인사를 받았다.
이거, 내가 나설 차례는 안 오겠는데?
그렇게 생각하고 떠나려 했는데——.
"다들 잠깐만."
환영 무드를 깨는 듯한 딱딱한 목소리가 울렸다.
교실 안쪽에서 남녀 몇 명으로 이루어진 그룹이 가까이 다가왔다.
"아무리 그래도 다들 너무 무른 거 아니야?"
그룹의 선두에 서서 우라를 내려다보고 있는 남자는 아마 오오바야시란 이름이었던 것 같다. 난 이야기를 나눠본 적이 없지만 키가 크고 축구부에서……, 음. 뭐라고 할까, 일단 양지 캐릭터이자 반의 중심에 있는 것 같은 녀석이다.
"이 녀석이 3일이나 쉰 탓에 우리가 얼마나 고생했는데."
"맞아, 맞아. 진짜 힘들었다고."
"어제는 진짜 늦은 시간까지 남아 있었잖아."
오오바야시의 말에 그 애의 주변을 에워싸고 있던 아이들도

동의했다.
양지 캐릭터들의 안광이 자신을 향하자 우라는 입술을 깨물었다.
"……미, 미안. 폐를 끼쳐서, 미안해."
"아니, 용서 못 해."
떨리는 목소리로 사과했지만 오오바야시와 그 친구들은 고개를 저었다.
"말로만 사과하는 건 아무런 의미가 없다고. 그러니까 우라노……, 넌 지금부터 벌을 받아야겠다."
"버, 벌……."
움찔 몸을 떠는 우라.
그 주변을 덩치 큰 친구 몇 명이 둘러쌌다.
그리고.
우라에게 내려진 벌이란——.

"……우라노가 왔어?"
주변에 아무도 없는데 나도 모르게 외쳐버렸다.
학교 건물 밖에 있는 특설 쓰레기장.
문화제 위원회가 갑자기 타지 않는 쓰레기를 모으는 곳을 변경했다고 통보해서 외부로 확인하러 나온 참에——교실에 있던 린과 마이에게서 메시지가 도착했다.
"……!"

정신을 차리고 보니 난 이미 달리고 있었다.
한눈도 팔지 않고 쏜살같이 교실로 향했다.
왔어.
우라노가 와줬어.
가슴 속에서 이런저런 감정이 치밀어 올랐지만, 그 대부분을 차지하고 있는 건——감사와 안도였다.
아아, 다행이야.
우라노 녀석, 안 오는 줄 알았는데.
마음속이 엉망진창이라 얼굴을 보면 무슨 말을 하면 좋을지 모르겠다. 하지만 지금은 그 녀석이 와줬다는 사실이 그저 기쁘다.
우라노를 만나고 싶어.
만나서 제대로 이야기하고 싶어.
현관에서 신발을 갈아 신은 다음, 빠른 걸음으로 우리 반으로 향했다.
하지만 그러던 도중에——.
"엇……, 꺄악!"
"으아……."
너무 서둘렀던 탓이리라.
정면에서 달려오던 여자애랑——부딪쳐버렸다.
양쪽 모두 엉덩방아를 찧고 말았다.
"아야야……. 저기, 죄송합니다. 괜찮으세요?"
엉덩이를 문지르며 일어나 손을 뻗었다.
상대가 누구인지 모르니까 일단은 존댓말로.

넘어진 상대는——무려 메이드 복을 입고 있었다.

오늘이 문화제란 걸 생각하면 그렇게 이상한 복장은 아니다. 우리 반 외에도 메이드 카페를 하는 반이 더 있는 것 같았으니까.

음?

어라?

하지만 이 메이드 복, 어디서 많이 본 것 같은데——.

"……저야말로 죄송합니다."

메이드복을 입은 여자아이가 내 손을 잡고 일어났다——음? 여자?

어라? 지금 목소리가 엄청 낮았던 것 같은데.

그보다……, 귀에 익은 목소리 같은 느낌이——.

"……엇. 에엑?! 우라노잖아?!"

나도 모르게 크게 외쳐버렸다.

그도 그럴 게——믿을 수가 없었다.

눈앞에 있는 메이드 복을 입은 여자애——아니, 여자애인 줄 알았던 상대는 무려 우라노 이즈미였다.

보고 싶고, 또 보고 싶어서 참을 수 없던 소년은 지금 어째서인지 메이드 복을 입은 채 내 앞에 서 있었다.

"뭣……. 너, 너……!"

"어째서……. 뭐 하는 거야? 네가 왜 메이드 복을……?"

"시, 시끄러워! 내가 원한 게 아니라고!"

"원한 게 아니란 건 또 무, 슨……. 풉."

열심히 참으려 했지만 불가능했다.

"푸흡. 아하하!"

"~~윽! 우, 웃지 마!"

"어떻게 안 웃어……! 아하하! 너, 너무 잘 어울리잖아."

너무 잘 어울려서 웃음이 나왔고, 그리고 조금 화가 났다.

이 자식, 어째서 이렇게 잘 어울리는 거야?

여성용 사이즈인데 보란 듯이 딱 들어맞다니.

정말 가느다랗고 새하얘서 부러운 몸매라니까.

"으, 으으……."

"아앗, 미안, 미안. 좌절하지 마……. 나도 알아. 네가 입고 싶어서 입은 거……, 아니지?"

"당연하지! 오오바야시네가 억지로 입혔다고!"

"오오바야시네가……?"

"그 자식이 반 아이들을 곤란하게 만든 벌이니 뭐니 하면서 강제로……! 젠장, 어째서 내가 이런 꼴이 되어야 하는 거야. 모모 녀석도 '뭐. 그 정도 벌은 달게 받아라'라고 하면서 구해 주지도 않고……."

내가 없는 교실에서 뭔가 많은 일이 있었던 것 같다.

오오바야시. 반의 중심인물로 어딘가 강압적인 남자애이긴 하지만……, 뭐, 나쁜 녀석은 아니다.

우라노에게 메이드 복을 입힌 것도 단순히 질 나쁜 장난이 아니라, 우라노에 대해 반 아이들이 가지고 있는 반발심을 줄이려는 목적이 있었을지도 모른다.

우라노의 갑작스러운 결석으로 반은 혼란에 빠졌고, 그중에는 아직 우라노를 탐탁지 않아 하는 아이들도 있었을 거다.

그걸 이렇게 모두의 앞에서 뻔한 벌을 받게 함으로써 뭉쳐 있던 불만을 해소시킨다.
그런 노림수가 있었을지도 모른다. 어쩌면……, 그런 노림수 따위 없이 특별히 깊은 생각은 하지 않고 그저 장난으로 벌칙 게임을 한 것일 수도 있지만.
"어쩔 수 없이 갈아입었더니……, 이유는 모르겠지만 예상 이상으로 다들 흥분해서……. 반 여자애들이 화장품을 꺼내오길래 황급히 도망치던 중이야……."
본격적으로 메이크업을 당할 상황이었나 보다.
마음은 이해한다.
지금의 우라노는 화장을 하면 엄청나게 빛날 것 같은 소재니까.
"후후. 잘됐네, 뭐. 모모타의 말대로 이 정도는 어쩔 수 없어. 이 중요한 시기에 3일이나 놀았으니까."
"시끄러워. 누구 때문이라고 생각해?"
"누구 때문, 이라니……."
거기서――떠올리고 말았다.
메이드 복의 충격으로 날아가버린 수많은 감정이 떠올랐다. 새삼스럽게 죄악감과 불편함이 치밀어 오르며 가슴이 답답해졌다.
"……있지, 우라노. 나 때문에 미――."
"사과하지 마."
우라노는 말했다.
낮고 차가운 목소리로――하지만 날 똑바로 바라보면서.

"사과해야 하는 건……, 내 쪽이야."

"엇……."

"——미안. 폐를 끼쳤어."

깊게 숙인 머리에 할 말을 잃었다.

"우라노……."

말수는 적었지만, 그것은 너무나도 솔직하고 너무나도 진지한 사과로 느껴졌다. 가슴 안쪽에서 수많은 감정의 싹이 텄지만——.

"……좋아! 사과했어! 난 사과했다!"

——고개를 든 우라노가 취한 태도는 그 감정 전부를 날려 버리는 것이었다.

"이걸로 전부 해결! 빚 진 거 없음! 빚도 잘못도 없어! 완전히 대등한 관계로 돌아왔다!"

"……."

"알겠지? 이걸로 최근에 있었던 이런저런 일은 전부 없었던 일이 되는 거야! 더는 쫑알거리면서 우위를 점하려 하지 마!"

"하아……. 하여간 너란 녀석은……."

"뭐, 뭔데."

"아니, 아무것도 아냐."

황당하기도 하고 전부 바보 같아졌다——하지만 어째서인지 웃음이 나왔다.

자신도 놀랄 만큼 마음이 평온해진 걸 알 수 있었다.

"있지, 우라노. 잠깐 손 줘봐."

"왜, 왜? 손목 때리려고? 아니면 관절기로 공격하려고?"

"……생각이 너무 부정적인 거 아냐? 잔말 말고 어서."
강하게 재촉하자 우라노가 떨떠름하게 손을 내밀었다.
가느다란 손목에——난 주머니에서 꺼낸 걸 감아줬다.
"이건……."
"맞아. 반에서 단체로 맞춘 실 팔찌야. 나하고 네가 같이 고른 거."
오렌지색이 메인인 컬러링. 극히 평범한 실 팔찌.
조금은 흔한 느낌도 들었지만 가격이랑 준비 기간 등을 이것저것 고려한 결과, 결국 흔한 노선으로 가기로 했다.
"어제 도착해서 반 아이들에게 전부 나눠줬는데 넌 없었잖아. 그래서……, 네 건 내가 가지고 있었어. 오늘 오면 줄까 했거든."
"……."
우라노는 어딘가 몹시 감격한 모습으로 손에 감긴 실 팔찌를 바라보고 있었다.
"자, 슬슬 갈까?"
"……그래."
둘이서 같이 교실로 돌아간다.
우리의 문화제가 시작되려 하고 있었다.

♥

오전 9시.
체육관에서 전체 개회식을 치른 뒤, '세이잔제'가 개막했다.

각 반과 각 동아리가 저마다 준비 작업에 들어갔다.

그리고——오전 10시.

보호자와 외부 손님들의 입장이 풀리면서 본격적인 축제가 시작됐다.

참고로 난——오전 9시부터 쭉 반에서 맡은 일을 해치웠다.

내가 맡은 건 야키소바 팩 포장.

교실에 준비된 자리에서 식사하는 것도 가능하지만, 들고 다닐 수 있게 팩에 포장한 야키소바도 의외로 수요가 높다고 한다.

구매한 후에 밖에서 먹는 사람과 오전 중에 돌아가는 사람은 이 야키소바 팩을 귀중히 여긴다는 것이 우리 반 대표가 선배에게 들은 정보다.

요리 담당자들이 만든 야키소바를 멤버 몇 명이 끝없이 포장해 나갔다.

우리 반은 시간대로 나눈 완전 로테이션제다.

제비를 뽑은 결과, 난 시작 시간부터 두 시간 동안 작업을 하게 되었다.

팩 포장은 단순하고 힘들며 스포트라이트도 비추지 않는 작업이지만……, 대신 시작 두 시간만 일하면 남은 시간에 쉬어도 된다는 이점도 있었다.

같은 팩 포장 담당자들과 담소를 나누며 작업을 이어가다가——5분만 더 일하면 담당 시간이 끝날 타이밍이었다.

팩 포장을 끝낸 야키소바를 선반 위에 보기 좋게 진열하고 있는데, 교실 입구 쪽에서 귀에 익은 목소리가 들렸다.

"앗, 모모타 군~."

오리하라 씨였다.

11시 정도에 우리 교실로 와달라고 부탁했는데, 약속한 시간보다 일찍 와줬나 보다.

"오리하라 씨――?!"

고개를 들었다가 경악했다.

오리하라 씨의 모습이 눈에 들어온 순간, 의식이 날아가서 졸도할 뻔했다.

이를 악물어 정신줄을 붙잡고 황급히 그녀에게 달려갔다.

"오, 오리하라 씨……."

"에헤헤, 조금 일찍 왔나? 정말 굉장하다. 뭔가……, 문화제란 느낌이야. 모모타 군이 일하는 모습도 슬쩍슬쩍 보였어. 열심히 일하더라! 그런 식으로 반 친구들이랑 같이 있는 모모타 군, 어쩐지 굉장히 신선했어."

"……아뇨, 그게 아니라."

절망으로 꺾일 것 같은 무릎을 필사적으로 세우며 나는 말했다.

"어, 어째서――교복을 입고 오신 거예요?"

눈앞에 서 있는 그녀는 어째서인지 교복 차림이었다.

오리하라 씨의 모교, 토린 여고의 교복.

이제 와서는 그립기까지 하다.

우리의 첫 만남과도 관련이 있는 중요한 키 아이템.

말도 안 돼.

이게 왜 지금 이곳에――.

"응? 어째서냐니……. 정말이지 무슨 소릴 하는 거야? 모모타 군."

마치 '이거야 원'이라고 하는 듯한 태도로 어깨를 으쓱이며 오리하라 씨는 나와의 거리를 좁혀 작은 목소리로 말했다.

"오늘 문화제에서 같이 다녀야 하니까 평소 모습이면 곤란하잖아? 제대로 학생인 척해야지."

"……."

"아, 걱정할 것 없어. 또 유키에게서 빌려온 건 아니거든. 이건 100퍼센트 확실한 내 교복이야. 얼마 전에 언니가 친가에 짐을 가지러 돌아갔을 때, 가는 김에 가져와달라고 했거든. 언니랑 비밀을 공유하게 된 덕분에 이런 것도 부탁할 수 있게 됐네."

"……아뇨, 그게 아니라."

살짝 우쭐거리는 얼굴인 오리하라 씨에게 난 늦게나마 태클을 걸었다.

"이상하잖아요. 학생인 척할 이유가 어디 있어요?"

오랜만에 보는 교복을 입은 오리하라 씨.

심지어 일부러 준비한 학생 시절의 자기 교복.

아, 그렇구나.

전에 전화했을 때 말한 '준비'란 게 이거였어.

"전 평범하게 사복을 입고 오실 줄 알았는데요……."

"……뭐어? 하지만 교복이 낫지 않아? 같이 문화제를 구경하며 다닐 건데 만에 하나라도 내 나이가 들킬 일은 안 만드는 게 좋잖아."

“아뇨……, 들켜도 돼요. 평범하게 친척이라고 하면 되잖아요. 우리는 이제 진짜 친척이 됐으니까요.”

“아니아니, 그건 이상하지. 그렇게 하면 모모타 군은 이모랑 같이 문화제를 구경하는 고등학생이 돼버리는데? 그보다는 여고생이랑 돌아다니는 게 자연스럽지 않아?”

아무래도 서로의 인식에 착오가 있었던 것 같다.

교복인가, 사복인가.

양쪽 모두 장단점이 있어서 일률적으로 어느 한쪽이 좋다고는 할 수 없다.

뭐가 문제냐 하면……, 정보 공유가 제대로 되지 않았다는 점이다.

왜냐하면 그 탓에――.

“……저, 반 아이들에게 평범하게 ‘친척 누나가 온다’고 해버렸는데요.”

“……뭐?”

여전히 절망하며 중얼거리는 나와 고장 난 기계처럼 굳어버리는 오리하라 씨.

그리고 그 타이밍에――최악의 타이밍에 반 아이들이 말을 걸어 왔다.

“여어, 모모타. 교대 시간 됐어.”

다섯 명 정도 우르르.

나와 교대해 작업을 시작할 놈들이다.

“미안~. 조금 늦어버렸네. 동아리 쪽이 조금 늦게 끝나는 바람에.”

©Nanasemeruchi

"배도 고픈데 먹으면서 적당히 할까?"
"여기서부턴 우리에게 맡기고 너도 문화제 구경하고 와."
"친척 누나가 온다고 했지? 아, 뭐야. 벌써 왔구나. 이 사람이 모모타의 친척……, 어?"
한 명이 오리하라 씨의 모습을 보고——보다 구체적으로 말하자면 입고 있는 교복을 보고 의아해하는 표정을 지었다.
그러자 다른 녀석들도 마찬가지로 이해가 안 된다는 얼굴을 했다.
"어……. 어라? 이 사람이 친척?"
"아, 아니. 저기……. 그렇게 되, 지……. 일단은."
"……어어? 하, 하지만 왜 토린 여고 교복을……. 어라? 평범하게 회사 다니는 사람이라고 하지 않았어?"
"뭐, 뭐……. 그거야. 음, 뭐라고 할까~. 그게……, 세상에는 다양한 취미를 가진 사람이 있는 법이어서……."
필사적으로 머리를 굴렸지만, 이보다 괜찮은 변명이 떠오르지 않았다.
"그, 그렇죠, 오리하라 씨?"
"……어어?! 저, 저기……, 으, 응. 맞아! 그게 말이지~. 오랜만에 학교에 오는 건데 이 기회는 절대 놓칠 수 없겠다 싶어서, 그만……."
"헤, 헤에……. 그렇구나."
반 아이들이 짓는 예의상의 미소에 하나같이 경련이 일고 있었다.
당황하며 기겁하고 있다.

"그, 그럼 뒤는 맡길게."

거짓말이 들통나기 전에 우리는 황급히 교실을 벗어났다.

"……죄송합니다, 오리하라 씨."

조금 걸은 뒤 깊게 사과했다.

"제가 제대로 확인 안 한 탓에……."

제길, 이런 실수를 하다니.

막을 수 있는 사고였는데.

최근 며칠 동안, 나도 오리하라 씨도 우라만 걱정하느라 우리 일에 소홀한 감이 있었다는 걸 부정할 수 없다. 저질러버렸다. 모처럼의 문화제 데이트인데 처음부터 고꾸라지고 말았다.

"아냐. 나야말로 미안해. 또 혼자 앞서버려서……, 모모타 군에게 폐를 끼쳤네……. 모모타 군의 향후 학교생활에 악영향을……."

"전 괜찮아요. 하지만 오리하라 씨가 이상한 오해를……."

"난 괜찮아. 왜냐하면……, 왜냐하면 앞으로 이 학교 근처에는 절대로 오지 않겠다고 지금 막 결심했거든. 아하하, 아하하……."

"……."

예상보다 더 깊은 상처를 입은 것 같다.

우리가 각자 준비한 두 개의 작전.

친척이라고 얼버무리는 작전과 여고생이라고 얼버무리는 작전.

사전에 연락이 부족했던 탓에 서로의 작전이 부딪쳤고, 그

결과 서로의 안 좋은 부분만이 결합되어서——.

「여고생 코스튬플레이가 취미인 이모」.

입에 담기도 꺼려지는, 이런 무시무시한 캐릭터를 오리하라 씨가 연기할 수밖에 없는 상황이 되고 말았다.

# 제 6 장 모모, 우라, 카나, 류.

"……뭐, 이미 저지른 건 어쩔 수 없지. 지금은 깨끗이 잊고 문화제를 즐기자. 와아."

10분 정도 진심으로 좌절했지만 오리하라 씨는 의외로 금방 회복했다.

그 뒤에는 실로 당당한 자세로 '여고생입니다만, 문제라도?' 라는 태도로 학교를 돌아다녔다.

역시 오리하라 씨다.

평범한 서른을 앞둔 여자에게 이런 일은 불가능할 거야.

교복 차림으로 당당하게 학교를 돌아다니다니, 창피해서 어떻게 해. 하물며 조금 전에는 우리 반 아이들에게 '코스튬플레이 중인 직장인'이란 사실까지 들켜버렸는데.

어디서 어떤 소문이 퍼질지 알 수 없는데도 이 여유 넘치는 행동거지는 뭐지?

정말이지 많이 익숙해졌다.

아니——강해졌다고 해야 할까?

많은 일이 있긴 했지.

교복으로 시작된 우리의 관계에는 정말 많은 일이 있었고……, 이러니저러니 하면서도 중요한 사건마다 오리하라 씨가 교복 차림이었던 것 같은 기분이 든다.

이 사람에겐 교복 차림을 남들 앞에 보이는 것 정도는 이제 수치도 뭐도 아니겠지.

와~. 내 여자 친구는 정말 굉장해!

"……저기, 모모타 군. 뭔가 실례되는 생각을 하지 않았어?"

"아뇨, 그런 생각은 하지 않았어요. 오히려 오리하라 씨를 다시금 존경하던 참인걸요."

그런 즐거운 대화를 나누며 우리는 문화제를 만끽했다.

오리하라 씨는 말할 것도 없고, 나 역시 고등학교에 들어와 처음 겪는 문화제였기에 당연히 오리하라 씨를 제대로 안내할 수 있을 리 없었지만 둘이 같이 느긋하게 여기저기 돌아다녔다.

완벽하게 에스코트하겠다는 생각 같은 건 하지 않고 여유 있게 둘이서 돌아다닐 뿐이었지만, 이건 이것대로 충실한 데이트 느낌이었다.

"하아~. 문화제는 굉장하구나."

점심시간이 지난 시각, 교사 밖——.

어슬렁어슬렁 문화제 구역을 대충 한 바퀴 돌아본 뒤, 우리는 문화제용으로 설치된 벤치에 앉아 잠시 휴식을 취했다.

"이제 더는 못 먹겠어. 전체적으로 레벨이 높았던 것 같아. 2학년 3반의 크레이프는 정성이 가득했고, 2학년 5반의 타피오카 디저트도 정말 본격적이더라. 카나 군네 반에서 팔던 팬케이크도 굉장했어! 뭔가 인스타용 디저트의 화신이라도 되는 양 모든 정성을 겉보기에 몰아넣은 듯한 퀄리티라서……. 아, 물론 모모타 군이 만든 야키소바도 맛있었어! 뭔가 안심이 되는 맛이야!"

"아뇨, 억지로 칭찬하지 않으셔도 돼요."

그 전에 난 요리하지 않았다.

그저 팩에 포장을 했을 뿐이다.

"음식 계열 외에도 귀신의 집이랑 탈출 게임 같이 재밌는 것도 많았어. 돈은 많이 안 쓴 것 같은데, 저예산을 위해 창의적으로 머리를 쓴 부분 나름대로의 맛이 있었다고 할까?"

"그러게요. 굉장한 곳은 정말로 굉장했죠."

앞서 들은 평판대로 2학년들이 내놓은 작품 중에 굉장한 것이 많았다.

반이 하나가 되어 오늘을 위해 최선을 다해 노력해왔다는 것이 강하게 전해졌다.

난 원래 문화제 같은 이벤트를 위해 노력하는 타입이 아니지만……, 각 반에서 열성적으로 준비한 것들을 보니 후회 비슷한 감정도 약간 생겨났다.

음, 나도 우라와 카나 정도로 열심히 하면 좋았을걸.

내년에는 조금 더 노력해볼까?

"……역시 말이야."

문득 오리하라 씨가 말했다.

시선 끝으로 학교 건물과 오가는 사람들을 바라보면서.

"이렇게 같이 교복을 입고 돌아다니니까……, 그런 생각이 드네. 만약에 나랑 모모타 군이 같은 학년에 같은 고등학교를 다녔다면 어떻게 됐을까 하는 생각."

"……그러게요."

"그런 세계에서도 우린 커플이 될 수 있었을까?"

"어떨까요? 오리하라 씨는 분명 인기가 많을 테니까 저 같은 애는 상대도 안 해줄 가능성이……."

"아니, 아니! 난 인기가 하나도 없었어! 완전히 어둠의 주민이었는걸. 유키가 없었으면 누구와도 대화하는 일 없이 고등학교를 마쳤을 거라……."

목적 없는 대화를——생각해본다고 어떻게 되는 것도 아닌 '만약'을 이야기한다.

만약——우리가 같은 학년이었다면.

이 '만약'을 지금까지 몇 번 생각해봤을까?

나도, 아마 오리하라 씨도 몇 번이나 생각하고, 그리고 그때마다 마음이 어둠 속으로 가라앉았을 것이다.

하지만 지금 오리하라 씨의 표정에는 그 어떤 그늘도 없었고 내 마음 역시 흐려지지 않았다.

그 어떤 비관이나 과시 없이 단순하게 재미있는 이야깃거리로 그런 대화를 나눌 수 있다.

지금을 부정하는 것이 아닌, 잡담 같은 '만약'의 이야기.

그것은 역설적으로 현재를 강하게 긍정하는 듯한 기분이라, 어째서인지 가슴이 무척 편안해졌다.

"아, 맞다. 사진문자……가 아니라 서로 사진 보내주자."

"좋죠."

스마트폰을 꺼냈다.

순간 사진문자라는 말은 못 들은 것으로 치기로 했다.

각자가 찍은 사진을 확인하며 보내줄 사진을 골라냈다.

"정말 많이 찍었네—. 하지만 둘이 같이 찍은 건……, 이 정도밖에 없나?"

그것은 우라네 반에서 찍은 사진이었다.

우리가 나란히 서서 찍은 투 샷.

오리하라 씨가 교복 코스튬플레이를 하고 있다지만, 너무 눈에 띄는 짓은 피하는 게 좋다. 그래서 다른 사람에게 사진을 찍어달라는 부탁은 하지 않았는데——우라네 반에 갔을 때 사정을 알고 있는 이부스키가 우리를 배려해 사진을 찍어줬다.

"우라 군……, 학교에 오게 돼서 다행이네."

"네. 정말 다행이에요……."

"그런데 모모타 군, 그러고 보니 반에서 나올 때 우라 군에게 말한 '그거'는 대체 무슨 뜻이야?"

"아, '그거'요? 뭐라고 할까……, 깜짝 이벤트 같은 거예요."

"깜짝 이벤트?"

"실은——."

굳이 질질 끌지 않고 난 설명했다.

우라를 위해 뭔가 할 수 있는 일이 없을까——그런 생각을 하다가 떠오른 어떤 깜짝 이벤트를.

우리 반의 '메이드 카페'는 예상대로 순조롭게 진행됐다.

집객, 최상.

손님 평가, 최상.

문제가 전혀 발생하지 않는 건 아니었지만 모든 것이 예상

범위 안이었다.

“더러워진 메이드 복은 바로 갈아입고 서둘러서 빨아. 세탁법은 가게에서 꼼꼼히 확인하고 왔어. 이 종이에 적힌 방법대로 빠르게 부탁해.”

“아, 알았어.”

“너무 오래 앉아 있는 손님은……, 슬슬 벌을 줄 시간이네. 이럴 때를 위해 준비한 ‘메이드(남) 군단’이 나설 차례다. 진하게 서비스해줘.”

“와하하. 나만 믿어라, 우라노.”

“돌체구스토 하나로는 주문이 너무 밀린다고? 문제없어. 내가 혹시 몰라 예비품으로 집에서 가져온 녀석이 있거든. 그것까지 해서 두 대를 돌리는 체제로 간다.”

“오오, 역시 우라노야!”

교실 안, 파티션으로 구역을 나누어 손님들에게 안 보이도록 만든 공간에서 차례차례 날아드는 트러블을 순차적으로 처리했다.

이 녀석도 저 녀석도 뭔가 문제가 생기면 통째로 나한테 던지고 있다.

뭐, 고마운 이야기다.

이것이 반 아이들의 신뢰의 증거――라고 생각하는 순수한 머리는 내게 없다. 어차피 다들 성가신 문제를 떠넘기려고 날 이용하는 게 분명해.

그거면 됐다.

이유가 뭐든 바쁜 편이 낫다.

이렇게 죽을 만큼 바쁘게 일하고 있으면 쓸데없는 생각은 안 해도 된다——.

“있잖아, 우라노.”

파티션에서 고개를 내밀며 이부스키가 말을 걸었다.

고개를 들고 가슴이 철렁했다.

접객 쪽도 담당하는 이부스키는……, 메이드 복을 입고 있다. 내가 엄선하고 또 엄선한, 그럭저럭 본격파인 메이드 복. 아아, 제길. 열 받아. 가슴이 철렁한 내게 화가 나. 이 녀석은 왜 이렇게나 잘 어울리는 거야……!

“뭔데?”

마음속 동요를 필사적으로 억누르며 태평한 목소리를 가장해 말했다.

“너한테 손님이 왔는데?”

“손님?”

나한테 손님? 어떻게 된 거지?

짐작 가는 데가 전혀 없다. 설마……, 엄마인가? 오늘은 볼일이 있어서 못 온다고 했는데, 혹시 깜짝 이벤트라며 왔을지도 모른다.

“어떤 사람인데?”

“음……. 귀여운 여자애.”

“……?”

그게 누군데? 전혀 짐작이 안 가네.

영문도 모른 채로 난 일단 그 손님에게 향했다.

파티션으로 나누어진 공간에서 손님들이 있는 쪽으로.

"봐, 저쪽."

이부스키가 구석에 있는 자리를 가리켰다. 확실히 사복을 입은 여자애가 혼자 앉아 있는 것 같았지만, 이쪽에서는 뒤통수밖에 보이지 않아 얼굴은 안 보였다.

할 수 없이 가까이 다가갔다.

"저, 저기……."

말을 걸려고 하자 상대가 자리에서 일어났다.

그리고 천천히 뒤를 돌아봤다.

얼굴을 본 순간——심장이 멈추는 줄 알았다.

"오랜만이야, 우라."

호흡이 멈췄다.

머리가 새하얘질 것 같다.

분위기는 많이 변했지만 얼굴은 옛날 그대로다.

1년인가 2년 만의 재회.

하지만 어째서인지 10년, 20년 만에 만나는 듯한 착각이 들었다.

떨리는 입으로 난 그녀의 이름을 불렀다.

"류……."

자연스럽게 그 애칭이 입에서 나와버렸다.

그곳에 있던 것은——류, 류자키 나츠메.

내가 예전에 좋아했던 여자애였다.

©Nanasemeruchi

조금 전에 모모가 한 말의 뜻을 이제야 이해할 수 있었다.
"우라……. 너 오늘 돌아다닐 계획 있어?"
점심시간이 조금 지난 시간대.
오리하라와 모모가 우리 반에 놀러 왔다가 떠날 때 그런 질문을 했다.
참고로……, 오리하라가 왜 교복 차림을 하고 있는지는 너무나도 당당한 모습이라 차마 물을 수 없었다. 그 여자는 스물일곱이나 먹어놓고 어떻게 부끄러워하는 기색도 없이 이런 곳을 교복 차림으로 돌아다닐 수 있는 거야?
"어엉? 뭔데?"
"그냥 알려줘."
"내가 어딜 가겠어. 내가 여기에 없으면 반이 돌아가지 않는데. 애초에 가보고 싶은 곳도 없고 같이 돌아다닐 사람도 없거든?"
"그렇구나……. 그럼 됐어."
"아앙? 그거 무슨 뜻이야?"
"아니, 아무것도 아냐."
그런 대화를 했다.
지금에야——이유를 깨달았다.
그 녀석이 내가 우리 반에서 움직이지 않고 계속 있기를 원한 이유를.
"와아~. 여기가 우라랑 모모랑 카나가 다니고 있는 고등학교구나."

시선을 이리저리 돌리며 류가 복도를 걸어갔다.

난 그 조금 뒤를 따라갔다.

솔직히 말해——망설였다.

너무나도 갑작스러운 재회.

무슨 이야기를 해야 하는지도 모르겠고, 어떤 말을 듣게 될지도 알 수 없어 무서워졌다.

반 일을 핑계로 류를 그대로 보낼까도 생각했다.

하지만——.

「모처럼인데 같이 문화제 구경이라도 하고 오는 건 어때?」

이부스키가 그런 제안을 했다.

「다녀와, 우라노. 친구잖아.」

날 똑바로 바라보며 그 녀석은 그렇게 말했다.

내가 반사적으로 '류'라고 불렀기에 이부스키도 알아차렸을 것이다.

같이 캠핑하러 갔을 때 이미 류에 대해 이야기했으니까.

정말이지……, 쓸데없이 배려나 해주고.

"그보다 말이야."

걸음을 멈추고 이쪽을 돌아보며 류가 말했다.

옛날과 다르지 않은——친구였던 시절과 전혀 다르지 않은, 친근한 웃음과 말투로.

"우라, 머리 길렀구나. 조금 길지 않아?"

"……딱히 상관없잖아."

"목표가 뭐야? 어떤 스타일링을 하려고 그렇게 기른 거야?"

"시끄러워. 자르기 귀찮아서 대충 기르고 있는 것뿐이야."

"흐응, 그런 주제에 찰랑찰랑하네. 머릿결 부러워."

"마, 만지지 마……. 머리 하니까 말인데, 너야말로 어떻게 된 거야? 그렇게 길었던 걸 싹둑 잘라버리다니."

"아—. 이건 고등학교에 입학할 때 잘랐어. 심기일전하고 싶다고 할까? 어때? 쇼트커트, 잘 어울려?"

"몰라."

"아하하. 여전히 찬바람이 쌩쌩 부네."

부자연스러울 만큼 자연스러운 대화였다.

마치 어제까지 같이 놀았던 친구처럼 자연스럽게 대화가 이루어지고 있다.

잡담을 나누며 인파를 빠져나와 현관 부근, 인적이 드문 곳을 지나갔다.

그 타이밍에 난 말을 꺼냈다.

"……모모가 시킨 거야?"

"아하하. 시켰다고 하니까 듣기 안 좋네. 하지만……, 응, 맞아. 모모에게 부탁받았어. 오랜만에 연락이 와서 얼마나 놀랐는지."

류는 웃고 있었지만 눈동자에는 살짝 어두운 빛이 어렸다.

"솔직히 말해서……, 올 생각 없었어. 그도 그럴 게, 어떤 얼굴을 하고 너희 셋을 봐야 할지 알 수 없었거든."

"……."

"하지만——도와달라고 했으니까."

"도와달라고?"

"응. 지금 네가 이런저런 일로 살짝 기운이 없어서 끙얼끙

얼 구질구질하게 굴고 있으니까……, 얼굴 보고 격려해줬으면 좋겠다더라. 자기로선 불가능하니까 꼭 내가 와줬으면 한다고…….”

“……그 자식, 쓸데없는 짓을…….”

“아하하. 그런 식으로 말하면 안 올 수가 없잖아? ‘화해하자’라거나 ‘전처럼 다시 친하게 지내자’ 같은 말이었으면 경계했겠지만……, 그렇게까지 솔직하게 도움을 요청했으니까 말이야.”

“…….”

“하지만——오길 잘했어.”

류는 말했다.

“쭉 걱정했거든……. 나 때문에 너희 세 사람에게 엄청나게 폐를 끼쳤으니까. 특히 넌 얼굴 볼 낯이 없었어.”

“…….”

“그런데 조금 전에 너희 반이 하는 메이드 카페를 보고 왠지 모르게 감동했지 뭐야? 그거, 네가 중심이 돼서 한 거지? 굉장하다. 엄청나게 본격적이었어.”

“……딱히. 그렇게 대단한 건 안 했어.”

“난 가볍게 울 뻔했는데? 아, 우라도 즐겁게 고등학교 생활을 보내고 있구나 하고.”

“……넌 어떤데?”

“나? 나도 뭐, 그럭저럭 즐겁게 지내. 여학교니까 이성과의 만남 같은 건 전혀 없지만. 지금 남자 친구 모집 중이야.”

“거기까진 안 물어봤어, 바보야.”

"바보라고 할 것까진 없잖아. 입은 여전히 험하구나."

류에게 이끌려서 어느 틈엔가 내 쪽도 웃고 있었다.

아아——.

이 마음은 뭘까? 마음 깊은 곳에 남아 있던 차갑고 무거운 얼음덩어리가 천천히 녹아내리는 듯한 기분이 든다.

난 쭉——류와의 재회를 두려워하고 있었다. 어떤 얼굴로 만나면 좋을지 알 수 없었다. 류도 내 얼굴 같은 건 두 번 다시 보고 싶어 하지 않을 거라고 생각했다.

하지만 막상 만나보니——어이없을 정도로 아무렇지도 않았다.

어라? 고작 이런 건가? 싶은 느낌.

난 지금까지 대체 뭘 무서워했던 걸까?

난 지금까지 대체 뭘 두려워했던 걸까?

"……있잖아, 우라."

내내 웃고 있던 류가 미소를 지우고 진지한 표정을 지었다.

비통함을 띤, 아플 만큼 굳은 얼굴로.

"그때 나……, 도망치는 것처럼 너희에게서 거리를 두기만 하고 네게 제대로 사과하지 않았지. 그래서 오늘——."

"됐어."

상대방의 말을 끊으며 난 말했다.

"사과하지 않아도 돼. 넌 아무런 잘못이 없었으니까."

"엇, 하지만……."

"그리고——나도 아무 잘못이 없었어. 누가 나빴다는 이야기가 아니잖아. 우린 모두 진지했지만 어딘가 어긋나 있었고……, 그래서 이상하게 맞물려버렸던 것뿐이야."

그렇다. 고작 그뿐인 이야기다.

그뿐인 이야기라고 생각할 수 있게 되었다.

지금에 와서야 드디어, 그런 식으로――.

"……아~. 맞다, 맞다. 내 말 좀 들어봐, 류."

난 말했다.

내가 이런 걸 말하다니 스스로도 살짝 믿기지 않았다.

"나. 좋아하는 애가 생겼어."

류는 눈을 살짝 크게 뜨고 놀랐다는 표정을 지었다.

"그, 그렇구나."

"응. 그래."

"혹시……, 아까 널 불러와준 애야?"

"윽……. 어, 어떻게 알았어?"

"아, 정말이구나. 와~. 왠지 모르게 분위기로 알아버렸어."

……굴욕적이다.

나란 녀석은 대체 얼마나 알기 쉬운 거야?

"그렇구나~. 그 애가 우라가 지금 좋아하는 애구나."

"……그래, 맞아."

깊게 한숨을 쉬며 난 말했다.

"내가 생각해도 웃음이 나와. 그렇게나 꼴사나운 실연을 하고 좌절했으면서 질리지 않고 또 친해진 여자애에게 바로 빠져 버렸으니까."

"……."

"그래서 그……, 뭐냐. 난 이제 다른 좋아하는 애가 생겨서 충실한 학교생활을 만끽하고 있어. 더할 나위 없을 만큼 청춘을 엔조이하고 있다고. 너 같은 건 깨끗이 잊고 말이야. 고등학교에 들어오고 나서 조금 전에 널 보기 전까지는 네 생각은 한 번도 하지 않았어."

"흐응~. 그렇구나."

류가 의미심장하게 웃었다.

"뭐, 뭐야?"

"딱히? 그냥……, 여전히 거짓말을 잘 못하는구나 싶어서."

"으윽……. 거, 거짓말 아니거든?"

"아하하."

입을 크게 벌리며 즐겁게 웃는다.

난 류의 이 미소를 좋아했다.

이런 식으로 웃는 류를 사랑했다.

지금은 이제——옛날이야기.

가슴 깊은 곳에 묻어둔 과거의 사랑.

내게 있어 그것은 내내 부끄러움과 비참함의 상징밖에 되지 않아서 떠올리고 싶지도 않은 트라우마일 뿐이었다.

하지만 이제야 드디어——떠올리고 싶지 않던 그 추억이 예쁘고 아름다운 추억으로 변한 듯한 기분이 들었다.

♥

체육관에서는 연극부의 연극과 부 활동과 상관없이 참가 신청을 한 밴드 동아리의 연주 공연이 있었다.

공연 스케줄이 전부 끝난 지금 시간대에는 문화제 실행위원들이 폐회식 준비가 한창이다.

곧 문화제가 끝난다.

한산해진 체육관 구석에는――나와 카나, 그리고 류가 있었다.

"역시 모모라니까. 설마 류까지 데려올 거라고는 생각 못 했어."

카나가 황당해하는 목소리로 말하자 류가 짓궂게 웃었다.

"그야……, 다른 사람도 아닌 모모의 부탁이면 거절할 수 없잖아."

"아무 소리나 하지 말고."

난 씁쓸하게 웃었다.

참고로 오리하라 씨는 없다.

우리를 배려해서 자리를 비켜줬다.

오랜만에 재회한 거 아니냐면서.

"후후. 아무 소리는 아니야. 모모가 아닌 다른 사람이 부탁했으면……, 아마 오지 않았을걸? 네 부탁이니까 거절하고 싶지 않았어."

"? 무슨 뜻이야?"

"글쎄? 설명하긴 어렵지만……, 네가 계기라면 괜찮을지도 모른다는 생각이 들었어. 다시 한 번 우라와 카나를 만나도 평온한 마음으로 웃을 수 있을 것 같다고."

"……잘 모르겠는데."

"난 류가 하는 말이 뭔지 알 것 같아."

카나는 이해한 것 같다.

"그만큼 모모가 우리 세 사람에게 특별하다는 거지."

"비행기 태우지 마."

하긴 아무려면 어때.

결과적으로 어떻게든 잘 해결됐으니까.

"어쩐지 믿기지가 않네. 다시 이렇게 모모랑 카나, 그리고 우라랑 즐겁게 이야기를 나눌 수 있다니."

절절한 표정으로 류가 말했다.

"우라는 좋아하는 애가 생긴 것 같고, 모모는 평범하게 여자 친구가 있고……. 남자들은 잠깐 안 보는 사이에 쑥쑥 성장하는구나."

농담 같은 어조로 말한 뒤 카나 쪽을 보았다.

"카나는 어때?"

"나? 여자 친구라면 평범하게 있는데."

"그거 말고. 다른 사람도 아닌 너니까 여자 친구 정도는 당연히 있을 거라고 생각하지만……."

"아."

모호한 말이었지만 카나는 전부 이해했다는 듯이 고개를 끄덕였다.

"응……, 이제 괜찮아. 드디어 극복한 느낌이야."

옅은 미소를 지으며 담담하게 말했다.

"여름방학에――누나의 결혼식이 있었거든. 거기서 제대로 누나랑 누나의 남편에게 말할 수 있었어. '결혼 축하한다'라고."

"……그랬구나."

어딘가 시원해 보이는 카나와 서글프게 웃는 류.

누나에게 결혼을 축하한다고 말했다——이상할 것 하나 없는 평범한 대화처럼 들릴지도 모르지만, 카나가 끌어안고 있던 것을 아는 사람이 들으면 가슴이 쥘 정도의 고통을 느낄 이야기다.

카나와 카나의 누나는——피가 이어지지 않았다.

초등학생 때 부모님이 재혼해서 생긴 의붓누나.

그리고.

카나는 의붓누나를 쭉 짝사랑하고 있었다.

가족을, 한 가족을 이성으로 좋아하게 된 것이다.

이 사실을 알고 있는 건……, 나랑 우라, 그리고 류 세 사람뿐이다. 비틀린 삼각관계가 절정에 달했을 때 카나가 울면서 속내를 밝혔다.

카나는 좋아하는 사람이 있으니까 류와는 사귈 수 없었다.

그 좋아하는 사람이——의붓누나였다.

하지만 누나는 그 마음을 모른다.

카나 자신이 쭉 숨겨 왔으니까.

중학생 때, 어느 시기부터 카나가 가리지 않고 쉽게 이성과 사귀기 시작한 건 어쩌면 누나에 대한 마음을 끊고 싶었기 때문인지도 모른다.

그리고——올해 여름.

의붓누나가 결혼해서 분가했다.

그것이 카나의 마음에 어떤 영향을 주었을까? 카나는 그 사실과 어떤 식으로 마주했을까? 난 상상이 되지 않는다.

하지만.

지금 카나의 어딘가 시원해하는 표정을 보는 한——그렇게 불안해할 필요는 없을 것 같다.

"캠핑하러 갔을 때……, 오리하라 씨가 그랬어. '무리해서 어른이 되려고 하지 않아도 괜찮다. 어린 모습으로 있어도 된다. 그러다 시간이 지나면 싫어도 어른인 척 굴어야 할 테니까'라더라."

카나가 내 쪽으로 시선으로 돌려 옅게 웃으며 말했다.

"그 덕분인가……? 마음이 상당히 가벼워졌거든. 참 신기하지. 억지로라도 잊으려고, 무리해서라도 극복하려 했던 게……, 무리하지 말고 받아들이자고 생각했더니 신기할 만큼 쉽게 받아들여졌어. 내가 몰랐던 나와 제대로 마주한 듯한 기분이 들어……."

온화한 목소리였지만 어딘가 자학과 자조를 띤 목소리로 카나는 이어 말했다.

"지금까지는 내내 누나를 좋아해선 안 된다고 생각했는데……, 그런 마음을 억지로 부정하지 말고 인정해야겠다는 생각이 들었거든. 좋아한다면 좋아한다고 인정하고……, 거기서 다시 확실하게 포기하고 실연당하면 된다고, 그런 생각을 하게 됐어."

오리하라 씨의 말이 상처입고 우울함에 빠져 있던 마음에 깊은 영향을 준 듯하다.

우리로선 분명——불가능했으리라.

어른으로서 살아가는 오리하라 씨의 말이었기에 그 말에는 확실한 무게가 존재했고, 그랬기에 카나의 마음을 흔들 수 있었으리라.

덕분에 카나는 정식으로 실연당할 수 있었다.

누나의 결혼을 계기로 자신의 마음속에 눌어붙어 있던 비밀스러운 사랑에 확실하게 매듭을 지을 수 있었던 거라고——그런 생각이 들었다.

"……드디어 나도 앞으로 나아갈 수 있을 것 같아. 의붓누나를 좋아해서 그 마음을 숨기려고 좋아하지도 않는 여자애랑 계속 사귀는……, 그런 의미 없는 짓에서 이제 졸업할 수 있을 것 같아."

"그래? 다행이야. 그럼 이로써 드디어 나랑 진지하게 연애할 수 있겠네."

"응, 맞아. 이로써 드디어 우타랑——엇, 뭐어어?!"

경악하며 소리 지르는 카나.

나와 류도 한 박자 늦게 깜짝 놀랐다.

그곳에 있었다. 당연하다는 듯이 있었다.

우오미 우타.

카나의 여자 친구가 바로 옆에 서 있었다.

언제나처럼 초연한 무표정으로, 이곳에 있는 것이 당연하다는 듯한 태도로.

"우, 우타……?"

"안녕."
"어째서 여기에……?"
"하루카가 모르는 여자랑 걸어가는 걸 목격하고 여자 친구로서 내버려둘 수 없겠다고 판단했어. 미행하다가 이곳에 도착한 뒤로는 쭉 훔쳐 듣고 있었습니다."
"훔쳐 들었다니……. 자, 잠깐만……. 어디서부터?"
"처음부터 거의 다. 카나가 의붓누나를 좋아했다거나, 좋아하지도 않는 여자애를 휙휙 바꿔가며 사귀었다거나……."
"……."
카나의 얼굴이 순식간에 새파랗게 질리더니 불안과 초조함이 가득 차올랐다.
하지만 우오미 우타는 아무런 표정 변화 없이 말을 이었다.
"뭐——그럴 거라고는 생각했지만."
"……뭐?"
"그럴 거라고는 생각했어."
"아니, 못 들어서 그런 게 아니라……. 무, 무슨 뜻이야?"
"처음부터 알고 있었어. 네게는 좋아하는 사람이 달리 있다는 거."
"……."
"의붓누나였다는 사실엔 조금 놀랐지만, 그렇게 놀랄 정도의 일도 아니지."
"알고 있었다니……. 그럼 왜? 어째서 넌 나랑……."
"네가 누구를 좋아하든 아무래도 상관없었거든. 중요한 건——내가 하루카를 좋아한다는 거니까."

게다가, 하고 우오미가 말을 이었다.
무표정하지만 조금 의기양양하게.
"왠지 모르게 잘될 것 같은 기분이 들었어. 형태뿐이라 해도 계속 사귀다 보면 하루카가 언젠가 날 좋아하게 될 거라고."
"그건……, 굉장한 자신감이네."
"자신감이 아니야. 믿었어. 널 믿고 있었어. 사귄다는 건 그런 일이 아닐까?"
"……그럴지도 모르지."
카나가 웃었다.
얼굴에 떠올라 있던 초조함과 황당함이 점차 흐려지더니 그저 웃음만이 남았다.
웃을 수밖에 없다는 것처럼.
"정말이지 우타는 못 당해내겠어. 날 전부 꿰뚫어 보고 있는 것 같아."
"전부 꿰뚫어 볼 수 있어. 왜냐하면──."
우오미는 말했다.
입꼬리에 아주 작은 미소를 띠면서.
"하루카는 알기 쉬우니까."
"……그런 말은 처음 들어봐. 여자애들에겐 늘 '무슨 생각을 하는지 모르겠다'는 말을 들어서."
"흐응, 그렇구나. 그럼 그 애들은 보는 눈이 없었던 거야."
"그러게. 우타에겐……, 아무도 못 이겨."
가슴 깊은 곳에서부터 우러나온 듯한 자연스러운 미소를 지으며──.

카나가 우오미를 정면에서 끌어안았다.

강하게 꼭 포옹했다.

우리는 물론이거니와 주변엔 아직 사람들이 많이 남아 있는데도 불구하고.

"……하루카."

"왜?"

"아무리 나여도 사람들 앞에서 이런 기습 공격을 하면……, 조금 부끄러워."

"그건 내가 한 건 했네. 우타를 부끄럽게 만들다니, 사귀기 시작한 이래로 처음일지도 모르겠어."

"나 참, 정말 어쩔 수 없는 남자라니까."

처음에는 놀랐던 우오미도 이윽고 카나의 등 뒤에 손을 둘렀다.

두 사람은 다정하게, 그러면서도 격렬하게 서로의 존재를 확인했다.

주변 따위는——우리 따위는 완전히 방치해둔 채로.

"……."

내가 시선으로 '가자' 하고 신호를 보내자 류는 어깨를 으쓱이며 고개를 끄덕였다.

완전히 두 사람만의 세계로 가버린 카나와 우오미를 남겨두고 우리는 체육관을 뒤로했다.

"……하아~. 부럽다."

체육관에서 나온 뒤에 류가 절절하게 말했다.

"우라랑 카나랑 모모 전부 온 힘을 다해서 사랑하며 청춘을

즐기고 있잖아. 나도 뭔가 사랑을 하고 싶어졌어~."

"뭐……, 힘내."

"그보다 네 이야기도 제대로 들려줘. 오리하라 씨란 사람이 아까 너랑 같이 있던 토린 여고 사람이지?"

카나와 합류하기 전, 류와 오리하라 씨도 가볍게 얼굴을 보고 인사만 잠깐 나눴다.

"그 사람, 몇 학년이야? 1학년은 아니지? 한 번도 본 적 없어서……."

"아……. 맞다. 너도 토린 여고였지. 저기~ 뭐라고 하지? 그 사람, 토린 여고에 다니는 게 아니라……."

"뭐……? 그럼 뭐야? 토린 여고 학생은 아니지만, 토린 여고의——다른 학교 교복을 입고 돌아다녔다는 뜻이야? 가끔 그런 코스프레 비슷한 짓을 하는 사람이 있다고 듣긴 했는데."

"그게 아니라……. 뭐, 코스프레라고 하면 틀린 건 아니지만, 토린 여고 학생이 아닌 것도 아니야. 오리하라 씨는 틀림없는 토린 여고 학생이 맞아. 다만……, 지금으로부터 10년 전에 그랬다는 거지만."

"……뭐?"

"그 사람, 스물일곱 살이야."

"……뭐, 뭐어어어어어어어?!"

류는 눈을 크게 뜨며 경악했다.

"어, 어어, 어떻게 된 거야?! 모모의 여자 친구가……, 스물일곱 살?! 어째서?! 어쩌다 그렇게 된 거야?! 넌 왜 띠 동갑 연상이랑 사귀고 있는 건데?! 그리고 그 사람은……, 왜 교복을 입었고?!"

"……푸하하. 정말 그렇다니까? 어쩌다 이렇게 된 걸까?"

어쩌다 이렇게 된 걸까?

그런 건 나도 모른다. 모든 것이 엉뚱하고 우스운 이야기처럼 느껴진다.

황당무계하고 소설 같은 우스운 이야기——하지만 그 전부가 내게 있어서는 대신할 것이 없는 유일무이한 이야기다.

모처럼의 기회니까 류에게도 이 이야기를 가르쳐주자.

한마디로는 도저히 설명할 수 없을 테니 시간은 상당히 걸리겠지만——그래도 상관없다.

우리는 다시 마음 편하게 우스운 이야기를 들려줄 수 있는 친구로 돌아왔으니까.

문화제 3일 전——우라노가 학교를 쉰 날, 방과 후.

——넌……, 우라를 어떻게 생각해?

——우라는 널 쭉 좋아했던 것 같은데 네 쪽은……, 어때?

모모타는 내게 그런 질문을 했다.

"나, 난——."

그 질문에 대한 나의 대답은,

"……모, 모르겠어."

미안해질 만큼 애매한 것이었다.

그도 그럴 게 아직 감정이 전혀 정리되지 않았다. 우라노가 날 좋아한다. 그런 사실이 갑자기 날아든 탓에 마음의 샘물에 일어난 커다란 파문이 아직도 가라앉지 않았다.

"우라노가 날 좋아한다니, 생각해본 적도 없었으니까……. 아직 생각이 전혀 정리되지 않았어."

"그렇구나."

"하지만——시, 싫은 건 아니야. 싫지 않다는 것만은 확실하고……. 그보다 오히려, 기, 기뻤……나?"

기뻤다.

방금 한 말로 그것을 처음 실감한 기분이 든다.

맞아, 그렇다.

우라노가 날 좋아한다는 걸 알고 많이 놀랐다.

이상한 형태로 마음을 폭로해버린 게 미안했다.

하지만 그 외의 감정에는——가슴이 튀어 오를 것 같은 흥분도 있었다.

"우라노는……, 평범하게 친구라고 생각해. 그 녀석, 입이 험하고 솔직하지 못하고, 어쨌든 사람 귀찮게 하는 녀석이지만……, 하지만 의외로 다정하고 남자다운 면도 있어서."

"……."

"요즘 같이 있으면 어쩐지 즐거우니까 무의식중에 그 녀석을 생각하는 시간이 늘어났어……. 최근 한 달간 같이 문화제 준비를 했지만, 우라노 덕분에 많이 즐거웠거든. 새로운 일면을 보고 듬직하구나 싶기도 했고……. 그리고 우라노의 다정함과 굉장한 면을 반 아이들이 알아주는 것도 기뻤어. 하지만 '나만 알고 있다'는 특별한 느낌이 흐릿해지는 건 조금 짜증도 나서——어, 어라?"

감정을 그대로 말로 옮기던 도중에 스스로 깨닫고 말았다.

"나——우라노를 좋아하는 거였어?!"

왠지 엄청나게 좋아하나 봐!

아니, 좋아하는 것 말고는 말도 안 되는 느낌이야!

"아, 아니……? 어라~? 나, 나 혹시, 스스로 자각하지 못했을 뿐이지 쭉 우라노를 좋아했나……? 어? 어, 어떻게 생각해, 모모타?"

"……나한테 물어보는 거야?"

"하, 하지만……."

"어떠려나? 이야기를 듣고 보니 좋아하는 게 아니면 뭐냐는 느낌이 들지만……. 뭐, 최종적으로는——스스로 정하면 되잖아?"

웃으며 모모타가 말했다.

"스스로……?"

"누군가를 좋아하게 된다는 건 뭐랄까……, 애매하고 불명확한, 두루뭉술한 감정이라고 생각해. 가슴에 싹튼 그런 불확실한 것에——자신이 어떤 이름을 붙일 것인가. 그게 중요하다고 생각하거든."

"어떤 이름을……."

"예를 들어, 난 거의 첫눈에 반한 느낌으로 오리하라 씨를 좋아하게 돼서 뒤도 돌아보지 않고 그대로 첫 고백을 해버렸는데……, 그렇게 확실하게 '첫눈에 반했다'고 단언할 수 있을 만큼 처음 눈에 들어온 순간부터 빠진 건 아니었어. 처음에는 훨씬 막연했지."

"……."

"그 막연한 마음에——난 '좋아한다'란 이름을 붙였어. 그리고 그때부터 난 오리하라 씨를 좋아했던 게 됐지. 그 순간부터 되짚어 본 뒤에야 처음 봤을 때부터 좋아했던 것 같다……고 느꼈어. 잘은 설명할 수 없지만……, 그런 느낌이야."

"……응. 대충 알겠어."

막연한 마음에 어떤 이름을 붙이는가.

자신은 어떻게 할 것인가.

"네가 우라에게 품고 있는 말로 표현하기 힘든 마음……. 그걸 네가 '기분 탓', '착각'으로 정하면 정말로 그렇게 돼버리지 않을까? 하지만——그렇게 하지 않는다면, 네가 그 감정에 다른 이름을 붙인다면……. 아니, 말이 너무 많았네."

여기서 모모타는 쑥스럽다는 듯이 웃었다.

"이 뒤는 나와 이야기할 게 아니니까."

아, 다행이다.

3일 전, 모모타와 이야기하길 잘했다.

덕분에——확실하게 마음이 정리됐다.

얼굴을 보지 못한 3일간, 자신의 마음과 마주할 수 있었다.

자신의 마음에 이름을 붙일 수 있었다.

덕분에——지금, 어떻게든 도망치지 않을 수 있다.

"……하, 한 번밖에 말 안 할 거니까 잘 들어라."

믿기지 않을 만큼 새빨간 얼굴로 우라노가 말했다.
장소는 학교 건물 뒤. 인적 없는 장소.
폐회식도 무사히 끝나고 격동의 문화제가 막을 내린 뒤――.
반 뒤풀이에 가기 전, 난 우라노에게 불려 나갔다.
긴히 할 말이 있다.
그런 말과 함께 인적이 없는 장소.
……아무리 둔감한 나지만 예상이 간다. 하긴 그렇지. 우라노의 마음 자체를 이미 알고 있는데 이런 상황이 갖춰지면 눈치 못 채는 쪽이 이상하다.
난 곧――고백을 받게 되겠지.
우라노는 새빨개진 채 불안과 공포로 떨리는 눈동자로――하지만 도망치지 않고 나와 똑바로 마주해주었다.
그러고 보니……, 류라는 아이에겐 결국 고백하지 않았다고 들었다.
어쩌면 인생 첫 고백일지도 모른다.
우라노가 지금 얼마나 큰 용기를 쥐어짜서 이 장소에 서 있는지 아플 만큼 전해져 온다.
기뻐.
기쁘고 또 기뻐서 못 참겠어.
만약 우라노 쪽에서 말을 꺼내지 않으면 내 쪽에서 불러내어 말해줄까도 생각했는데……, 그렇기에 상대 쪽에서 말해주는 게 기쁘다.
내게도 공주님을 동경하는 마음이 있다.
고백은 남자애 쪽에서――왕자님 쪽에서 해줬으면 하는 마음이 있다.

지금 내 눈앞에 있는 사람은 살짝 키가 작고 성격이 비뚤어진 데다 입이 험하고 심술맞지만——최고로 멋있는 나만의 왕자님.

이것저것 우여곡절은 있었지만, 지금 드디어 솔직한 마음으로 마주하게 된 것 같다.

이렇게 마주하게 된 것이 무엇보다도 고귀한 일이라고 생각한다.

이 순간을 맞이하게 된 것에 무엇보다도 큰 의미가 있다고 생각한다.

그렇기에.

여기서 왕자님이 어떤 식으로 사랑을 말할지, 그리고 공주님은 그 사랑에 어떻게 응할지.

그런 시시콜콜한 이야기는……, 굳이 말하지 않는 것이 오히려 낭만적이겠지.

©Nanasemeruchi

# epilogue 에필로그

문화제가 끝난 뒤, 나와 오리하라 씨는 학교를 나와 해가 저물기 시작한 길을 함께 걸었다.

"우라랑 이부스키……, 사귀기로 했나 봐요."

"뭐? 정말?!"

"지금 양쪽에서 메시지가 왔어요. 우라 쪽에서 고백하고 오케이를 받았다고 하네요."

"헤에~. 우와~. 굉장하다. 다행이야……. 우라 군, 노력했잖아!"

정말로 기쁘다는 듯이 웃는 오리하라 씨.

기쁜 건 나도 마찬가지다.

다행이야. 정말로 잘됐어.

애썼다, 우라.

"역시 이부스키 쪽도 우라 군을 좋아했구나."

"그랬나 봐요."

"그 둘, 어쩐지 잘 어울린다고 생각했거든. 분명 좋은 커플이 될 거야."

"……그러면 좋겠는데 말이죠."

"응? 무, 무슨 뜻이야?"

"아뇨. 뭔가……, 벌써부터 문제가 발생한 것 같아요."

메시지 앱 화면을 오리하라 씨에게 보여줬다.

우라가 보낸 메시지에 적혀 있던 것은——.

『날 구해줘, 모모!
이 멍청한 여자가
'곧 열리는 뒤풀이에서 우리가 사귀는 걸 반 아이들에게 대대적으로 발표하자!'
라는 말을 지껄였어!
어떻게 하면 돼?
당장 이리로 와서 날 구제해! 친구잖아?! 베프잖아?!』

"……우, 우와~. 뭔가 정말, 우와……."
"전도다난해 보이네요."
난 적당한 이모티콘을 보낸 다음 스마트폰을 무음 모드로 바꾸고 주머니에 넣었다.
힘내라, 우라.
내가 할 수 있는 일은 이제 없다.
여기서부턴 네가 남자 친구로서 힘내야 해.
"뒤풀이 하니 말인데……, 모모타 군네 반은 안 해?"
"저희는 안 해요. 1학년은 안 하는 반이 많은 것 같더라고요. 우라네 반은 이번에 문화제에서 어마어마한 단결감을 느꼈으니까 하는 거겠죠."
"그렇구나. 다행이다."
"다행?"
"어? 아, 아니. 아무것도 아냐, 아무것도 아냐!"
황급하게 손을 붕붕 흔든다.

"그런데 오리하라 씨, 슬슬 돌아가는 게 좋지 않을까요?"
학교에서부터 꽤 멀리까지 걸어오고 말았다.
오리하라 씨의 차는 학교 내빈용 주차장에 주차해둔 상태라 결국 온 길을 다시 돌아가야 한다.
날도 저물기 시작했으니 돌아가기 딱 좋은 시간이라고 생각했지만.
"조, 조금만 더 걷자. 응? 괜찮지?"
이렇게 말하면 따를 수밖에 없다.
오리하라 씨가 조금 앞을 걸어가는 형태로 둘이 같이 느긋하게 걸었다.
그리고.
이윽고――도착했다.
"여긴……."
오리하라 씨에게 이끌려 도착한 곳은――고가 아래 놀이터였다.
벤치와 모래장 정도밖에 없는 조금 쓸쓸한 놀이터.
"그립네."
감상적인 목소리로 오리하라 씨가 말했다.
"이곳에 오고 싶으셨어요?"
"응. 오랜만에 와보고 싶었어."
가슴에서 뜨겁고 그리운 것이 솟구친다.
이곳은 우리에게 있어 추억의 장소다.
충격적인 첫 만남을 한 다음 날, 오리하라 씨가 직접 싸 온 도시락을 먹은 곳.

그리고――내가 그녀에게 마음을 전한 곳.

"우와아. 예전 생각난다, 이 모래장."

오리하라 씨가 모래장 쪽으로 달려갔다.

"여기서 모래성을 만들어줬지."

"그랬죠. 우라랑 카나의 도움을 받아서……."

직접 만든 성과 집에서 가져온 크리스마스트리 전구 장식을 이용한 불빛. 정말이지 값싼 배경이었지만 열다섯인 내게는 최선이었다.

원래 예정은 '제가 당신에게 마법을 걸어드리죠'로 시작하는 시 낭송 뒤에 손가락을 튕겨 불이 들어오게 하려는 거였는데, 착오로 인해 불이 약간 일찍 켜지고 말았던가?

"퀄리티는 애교 수준이었죠. 밤이니까 어떻게든 분위기는 나왔지만요."

"아냐, 정말 훌륭했어. 나……, 정말 감동해서 뭐가 뭔지 모를 만큼 기뻤는걸……."

눈을 가느다랗게 뜨고 정말로 행복하다는 듯이 웃었다.

나 역시 다시 떠올려보았다.

그날 밤의 일을――.

상당히 먼 과거의 일처럼 느껴지기도 하고, 바로 어제 일처럼도 느껴진다.

그 순간부터 우리의 교제는 시작됐다.

열다섯 살과 스물일곱 살의 금단의 연애.

사귀기 시작한 뒤로도 많은 일이 있었다.

여러 난관을 둘이서 어떻게든 헤쳐 왔다.

변한 것도 많다.

하지만――변하지 않은 것도 있다.

그날 밤부터 무엇 하나 바뀌지 않고 색도 바래지 않은, 그러기는커녕 날이 갈수록 더욱 빛이 강해져가는 것――.

"……있지, 모모타 군. 오랜만이니까 다시 저 벤치에――."

고백했던 때 오리하라 씨가 앉아 있던 벤치를 가리키며 나와 같이 가려고 했다.

하지만 나는 그런 그녀의 제안에 따르지 않고 그녀의 이름을 불렀다.

"――히메."

아직 어딘가 익숙하지 않아서 좀처럼 부르지 않는 그녀의 이름을.

"앗――."

기습을 당해 놀란 표정을 짓는 그녀의 앞에서 난 몸을 굽히고 무릎을 꿇었다.

그리고 그녀의 손을 잡았다.

마치――동화 속에 등장하는 왕자님처럼.

"좋아해, 히메."

난 말했다.

그녀의 얼굴을 올려다보며 말했다.

"처음 만났을 때부터 쭉. 처음 만났을 때보다 더."

변한 것이 있는가 하면 변하지 않는 것도 있다.

©Nanasemeruchi

시간이 지나며 약해져 가는 것이 있는가 하면——더욱 강해지는 것도 있다.

앞으로 무슨 일이 있을지는 알 수 없다.

하지만 무슨 일이 있든 가슴에 품고 있는 이 마음만큼은 변하지 않으리라고 믿고 싶다.

그날 밤에 맹세한 마음만큼은——.

"앞으로도 쭉, 평생 제 곁에 있어주세요."

나의, 나만의 공주님으로 있어주세요.

라고.

그렇게 말했다.

부끄러웠지만 가슴에 넘쳐흐르는 마음을 차마 담아둘 수 없었다.

"……카오루 군."

오리하라 씨는 감동한 얼굴로 내 이름을 불렀다.

차오른 눈물이 흘러내릴 것 같은 촉촉한 눈동자로 날 내려다보았다.

"또……, 고백해주는 거야?"

"뭔가 우라의 분발에 감화받아서요."

"……아이참. 비겁해. 또 이렇게나……, 나를 기쁘게 해주다니."

오리하라 씨가 웃었다.

"고마워……. 정말, 죽을 만큼 기뻐……. 나도 카오루 군이랑 계속 함께 있고 싶어……."

행복하게 웃으며 과분할 정도의 말을 준다.

세계의 모든 것이 우리를 축복해주는 듯한 행복한 공기가 우리를 가득 채웠다.

……좋아.

이건――기회다.

지금이 바로 혼신의 시를 낭송할 타이밍이야!

고백한 밤부터 오늘까지 생각은 했지만, 마치 보이지 않는 신의 힘이 작용하가라도 한 것처럼 매번 저지당했던 나의 시.

지금이라면 할 수 있을 것 같은 기분이 든다.

시를 낭송해 감동의 소용돌이를 일으킬 수 있을 것 같은 기분이 들어!

그래.

나의 시는 지금 바로 이 순간을 위해 존재했던 거야.

"오오――."

"하지만."

시를 읊기 시작한 직후, 아직 서두의 감탄사 '오오'밖에 말하지 않은 타이밍에 무려 오리하라 씨가 입을 열었다.

내 시는 이번에도 저지당하고 말았다.

다시 고개를 들자――오리하라 씨는 어째서인지 슬픈 얼굴을 하고 있었다.

"어째서……, 어째서 지금 그런 말을 하는 거야?"

한마디로는 형용하기 어려운 복잡한 얼굴의 오리하라 씨가 말했다.

그 얼굴에는 비통함과 난감함이 떠올라 있었다. 하지만 기쁨도 확실하게 존재했기에……, 정말로 표현할 길 없는 복잡한 표정이었다.

"네? 저……, 죄송합니다. 제가 뭔가 불쾌하게 했나요……?"

"……아냐. 모모타 군은 전혀 잘못하지 않았어. 이 추억의 장소에서 다시 고백해줘서 정말로, 정말로 기뻐. 모모타 군은 잘못하지 않았어――하지만 치명적으로 타이밍이 안 좋았다고 할까?"

타이밍이 안 좋다?

혼란에 빠진 내게 "잠깐 미안해" 하고 말하며 손을 놓고, 오리하라 씨는 어깨에 걸치고 있던 학교 가방에 손을 넣었다.

가방 안에서 꺼낸 것은――꽃다발이었다.

새빨간 장미 꽃다발.

"어? 어? 이게, 어떻게 된……."

"……장미 꽃다발이야. 오늘을 위해 모모타 군이 내게 준 거랑 같은 걸 준비했어."

"엇……. 저, 저한테 주시려고요?"

당황해서 되묻자, 오리하라 씨가 힘차게 고개를 끄덕였다.

"오늘……, 내가 모모타 군에게 다시 고백하려고 했거든."

"……네? 고백……?"

"사귀기로 했을 때랑 프러포즈까지 모두 모모타 군만 하고 난 아무것도 하지 않았잖아? 그래서 오늘은……, 내 쪽에서 깜짝 이벤트로 고백하려고 계획했어."

"깜짝 이벤트라니……. 앗. 그럼 설마 이 고가 밑으로 걸어온 것도……."

"……응. 전부 계획된 행동이야. 모모타 군이 고백해준 이곳에서 모모타 군에게 받은 것과 같은 꽃다발을 준비하고, 이번엔 내 쪽에서 고백하겠다는 작전이었어……."

갈 곳 없는 분노와 슬픔이 어린 얼굴로 오리하라 씨가 호소했다.

"이제 저기 있는 벤치로 데려가서 모모타 군이 앉으면, 이번엔 내가 무릎을 꿇고 꽃다발을 주면서 심금을 울리는 대사로 감동의 소용돌이를 일으킨다는 엄청난 깜짝 이벤트를 계획했는데……. 그런데——왜, 어째서 먼저 고백하는 거야?!"

눈물이 섞인 절실한 호소였다.

"아아, 모모타 군은 왜 이럴 때까지 모모타 군일까? 행동이 너무 인기남이라고……! 왕자님 농도를 조금만 낮춰줘……."

화를 내는 건지 칭찬하는 건지 모르겠다.

와—, 말도 안 돼.

설마 오리하라 씨가 그런 깜짝 이벤트를 준비했을 줄이야.

그리고……, 나 때문에 그 계획을 망쳤다니.

"저기, 죄, 죄송합니다……."

"……아니, 사과받고 싶은 게 아니라……. 모모타 군은 아무 잘못도 없는걸. 으으……, 그런데 왜 이렇게 되는 걸까?"

"정말 그러네요. 왜 이렇게 되는 걸까요……?"

함께 지금 상황을 애석하게 여기며 탄식했다.

하지만 몇 초 뒤——.

"……풉." "하핫."

어느 쪽이 먼저라 할 것 없이 웃었다.

웃을 수밖에 없었다.

너무나도 익살스러워서.

그리고——너무나도 행복해서.

“아하핫. 아~. 우리는 여전히 뭘 하든 끝에 가선 꼭 엉성해지네.”

“그러게요.”

“전에도 이런 적 있었지? 혹시 기억나? 사귀기 시작하고 처음 데이트할 때, 내가 모모타 군에게 맞춰서 교복을 입고 갔더니 모모타 군은 내게 맞춰서 정장을 입고 왔잖아.”

“기억나요. 우리가 처음으로 손을 잡은 날이니까요.”

“응. 맞아, 맞아.”

잊을 수 있을 리 없다.

우리는 쭉 이런 일만 반복해왔다.

상대방을 위한 행동이라 생각한 것이 어느 틈엔가 자기 일로 버거워져, 끙끙대고 안달복달하고 헛돌다가 엇갈리고, 그리고 뭔가 상황이 이상해진다.

이런 일투성이——.

사귀기 시작한 뒤로 쭉.

“여전히 즐겁네.”

“……네.”

음미하듯이 난 고개를 끄덕였다.

즐겁다. 너무나도 즐겁다.

웃음이 나올 만큼 너무나도 행복한 매일이다.

“그럼 오리하라 씨, 슬슬 돌아갈까요?”

“그러자.”

내가 손을 내밀자 오리하라 씨도 자연스럽게 그 손을 잡았다. 처음에는 두근두근해서 애를 먹었던 손잡기도 지금은 자연스럽게 할 수 있다.

하지만——이 가슴의 고동은 지금도 흐려지지 않았다.

앞으로 어떤 일이 기다리고 있든, 이 마음만큼은 잃지 않고 살아가고 싶다.

그렇게 생각했다.

오리하라 씨도 지금 아마 같은 생각을 하고 있을 거라는 생각이 들었다. 상대방의 체온을 통해 전해지는 감정이 더할 나위 없이 행복하다.

이 반년 동안 내가 남자 친구로서 얼마나 성장했는지는 알 수 없다.

어쩌면 향후에 지금까지 넘어온 장애물보다 훨씬 무시무시한 장애물이 우리의 앞길을 막아설지도 모른다.

하지만 분명 괜찮을 것이다.

우리라면 분명 괜찮을 것이다.

아무런 근거도 없지만, 왠지 모르게 그런 생각이 든다.

오리하라 씨.

오리하라 히메 씨.

살짝 연상이지만, 최고로 귀여운 나의 여자 친구.

난 앞으로도 이 사람과 함께 걸어갈 것이다.

# 후기

실연(失戀)이란 '사랑(戀)을 잃는다(失)'고 쓰지만, 현실에서는 '사랑이 끝났다고 해서 사랑하는 마음이 그렇게 쉽게 사라지지 않고, 그렇기에 힘들다'는 것이 실연이 아닐까 생각합니다. 차이거나 이별한 뒤에도 마음이 계속 이어지는 경우가 많죠. 실연했을 때 잃는 것은 상대방과의 미래와 관계성이지, 사랑하는 마음이 순식간에 사라지는 건 아닌 것 같습니다. 아니면 이별하는 순간부터 오랜 시간을 들여 서서히 잃어가기에 '실연'이라 부르는 걸까요? 어쩐지 씁쓸한 마음도 들지만 잃어가는 과정에서 새롭게 얻는 무언가가 있으리라고, 그렇게 믿고 싶습니다.

이러니저러니 하여 노조미 코타입니다.

나이 차 러브 코미디 제6탄. 이번에는 모모, 우라, 카나 세 왕자님의 이야기(우라의 비중이 상당히 큼)였습니다. 1권에서부터 조금씩 뿌려뒀던 세 사람의 이야기를 쓸 수 있어서 즐거웠어요. 여자가 몇 살이 되어도 공주님이듯, 남자도 왕자님이 되고 싶다는 그런 이야기였습니다.

이번엔 후기 페이지가 많아서——갑작스럽지만, 캐릭터 해설 타임입니다!

• 모모타——주인공. 장신. 괴멸적인 운동치. 스물일곱 살과 사귀어도 부끄럽지 않은 성실하고 남자다운 주인공으로

만들려고 했더니, 너 정말로 열다섯 맞냐 싶을 만큼 견실한 사람이 되어버린 남자. 뭔가 캐릭터상 스탠드칼라 교복이 어울릴 것 같다고 생각했습니다만, 특별히 부탁하지도 않았는데 나나세 씨가 주인공이 다니는 고등학교의 교복을 스탠드칼라로 그려 주신 건 지금도 기억하는 쁘띠 기적이었습니다. 이름은 모모타로에서 따왔습니다.

• 오리하라 히메――메인 히로인. 작가의 취향을 듬뿍 담은, 교복이 과하게 잘 어울리는 기적의 근 서른. 1권 발매 전, 라이트노블계에서는 아직 연상 히로인에 대한 역풍이 심했기에 근 서른 히로인 같은 건 완전히 논외였습니다. 편집부가 절대 통과시켜주지 않았어요. 편집부를 어떻게 설득할지 고민하다, '표지에서 교복을 입고 있으면 어떻게 될지도 몰라!'란 악마적인 발상이 떠올라 거기서부터 1권 초반에 나오는 첫 만남 장면을 생각해냈고……, 그 결과, 유난히 자주 교복을 입는 근 서른 히로인 오리하라 히메가 탄생하게 되었습니다. '연상 히로인은 안 팔린다'는 시대적인 배경이 있었기에 태어난 히로인 설정이라 할 수 있겠죠. 모모타 군이 과하게 견실한 사람인 것과 반대로, 연애 방면으로는 뭔가 유난히 맹한 사람이 되고 말았어요. 이름은 *오리히메에서 따왔습니다. 3권에서 가볍게 다루긴 했지만, 견우와 직녀 이야기에 등장하는 오리히메가 아니라, 모모타로의 원안이라는 설이 있는 '우리코 오리히메' 속의 오리히메입니다.

• 우라노 이즈미――주인공의 친구. 음지 캐릭터 중의 음

*오리히메: '오리히메'는 '직녀'의 일본 명칭.

지 캐릭터. 자의식과 피해망상의 괴물. 쓰면서 정말 즐거운 캐릭터였어요. GA의 신작 『너 나를 좋아하는 거 맞지?』는 사실 이 우라노를 쓰면서 '사랑에 빠진 음지 캐릭터를 쓰는 건 정말 즐겁구나'라고 생각한 것이 집필의 계기가 되었습니다. 6권은 실질적으로 이 녀석이 주인공이고, 실질적인 히로인이죠. 이름은 우라시마타로에서 따왔습니다.

• 카나오 하루카——주인공의 친구. 양지 캐릭터 중의 양지 캐릭터. 꽃미남. 옛날 서양 음악을 좋아한다는 뒷설정이 있으며, 특히 커트 코베인과 지미 헨드릭스로 유명한 *'27 클럽'에 강하게 심취해 있기에, 현재진행형으로 스물일곱 살을 살고 있는 오리하라 씨와 엮어서 뭔가 해볼까도 생각했는데……. 아무리 노력해도 이야기가 너무 어두워지는 것 같아 기각했습니다. 모모타와는 반대로 스탠드칼라가 안 어울릴 것 같아요……. 이름은 킨타로에서 따 왔습니다. 소꿉친구 세 사람의 이름은 모모타로, 우라시마타로, 킨타로를 모티브로 해야겠다고 정한 뒤에 이름을 생각했는데……, '모모'와 '우라'란 애칭은 괜찮지만 '킨'은 뭔가 캐릭터에 안 맞는 것 같아서 '카나'란 세련된 느낌으로 안착하게 되었습니다.

• 시라이 유키——히로인의 친구. 전업주부. 아이 있음. 오리하라 씨에게 연애 쪽으로 조언을 해 줄 수 있는 친구 포지션이 있으면 좋겠다 싶었습니다. 합리적인 상식인. 아이의 네이밍 센스 외에는 말이죠. 이름은 **백설공주에서 따왔습니다. 한 명 더, 신데렐라를 모티브로 한 하이무라라는 사람

*27 클럽: 27세에 사망한 대중음악 아티스트를 일컫는 용어.
**백설공주: '백설공주'의 일본어 명칭은 '시라유키히메'.

을 오리하라 씨의 친구 포지션으로 등장시킬 예정도 있었는데, 유키 씨가 뭔가 너무 유능해서 유키 씨 한 명으로 전부 어떻게든 해결되었습니다.

• 이부스키 사키——숨은 히로인이자 우라의 히로인. 우라와의 티키타카가 재밌는 여자아이로 하고 싶었기에 음지 캐릭터의 천적 같은 성격입니다. 상당한 거유지만 이 작품에서는 모 자매 때문에 눈에 띄는 일은 없습니다. 이름은 *엄지공주에서 따왔어요.

• 우오미 우타——수수께끼의 히로인이자 카나의 히로인. 엉뚱한 것과도 미스티어리어스한 것과도 다른, 잘 알 수 없는 여자아이. 제 다른 작품인 『이능 배틀은 일상계 속에서』의 치후유가 자라면 이렇게 되지 않을까 하는 걸 이미지하며 쓴 히로인입니다. 쓰기 어려워 보이지만 뭘 하더라도 '이 녀석이니까'로 끝나니까 의외로 쓰기 쉬워요. 이름은 **인어공주에서 따왔습니다.

• 오리하라 키사키——히로인의 언니. 그리고 최종적으로는 주인공의 새어머니. 예전 후기에도 썼다시피, 초기의 예정을 무시하고 엄청나게 폭주해버린 여성. 정말로 재혼시킬 예정은 1밀리미터도 없었습니다. 이래서 창작은 재밌어요. 이름은 직녀에서 따왔습니다. 앞에서 말했듯이 오리하라 씨 쪽은 '우리코 오리히메'고, 이쪽이 평범하게 견우와 직녀 쪽의 오리히메입니다. 전 남편인 '호시노' 씨도 일단은 ***견우

*엄지공주: 이부스키 사키의 이름에는 '손가락'과 '꽃피다'라는 뜻의 한자가 들어감.
**인어공주: 우오미 우타는 이름에 '물고기'와 '바다'라는 뜻의 한자가 들어감.
***견우: 일본어에서 '견우'는 '히코보시'라고 하며, '호시노'에 들어가는 한자와 일부가 같다.

에서 온 네이밍이었습니다.
이상, 캐릭터 소개였습니다.
갑작스럽지만 공지입니다. 코미컬라이즈는 '망가UP!'에서 호평 연재 중입니다. 코믹스 4권이 이 6권과 동시에 발매돼요! 잘 부탁드립니다.
이하, 감사 인사입니다.
담당자 나카미조 님, 이번에도 신세를 졌습니다. 역대 최악의 진척 상황이었지만 어떻게든 되기 마련이네요……. 나나세 님, 이번에도 훌륭한 일러스트를 그려주셔서 감사합니다. 3인 3색의 커플 일러스트가 멋졌어요.
그리고 이 책을 읽어주신 독자 여러분께 최대급의 감사를 드립니다.
인연이 있으면 다시 만나요.

노조미 코타

NOVEL

# 살짝 연상이어도 여자친구로 삼아주시겠어요? 6
## ~최고의 왕자님~

2023년 11월 25일 제1판 제1쇄 인쇄
2023년 11월 30일 제1판 제1쇄 발행

**지음** | 노조미 코타
**일러스트** | 나나세메루치
**옮김** | 유유리

**발행인** | 오태엽
**편집팀장** | 이수춘
**편집담당** | 이예솔
**표지 디자인** | Design Plus
**라이츠사업팀** | 이은선, 조은지, 정선주, 신주은
**출판영업팀** | 김정훈, 이강희
**제작담당** | 박석주

**발행처** | (주)서울미디어코믹스
**등록일** | 2018년 3월 12일
**등록번호** | 제 2018-000021
**주소** | 서울특별시 용산구 한강대로 43길 5
**전화** | (02)791-0786
**인쇄처** | 코리아 피앤피

●잘못된 책은 구입하신 곳에서 교환해 드립니다.